PAUL FÉVAL FILS

LES CINQ

TOME CINQUIÈME

20 Centimes

Collection A.-L. GUYOT
6 et 8, rue Duguay-Trouin
PARIS

Algérie, Colonies et Étranger : 25 Cent.

38

PAUL VERLAINE

—

JADIS & NAGUÈRE

POÉSIES

PARIS

LÉON VANIER, Libraire-Éditeur

19, Quai Saint-Michel, 19

—

1884

JADIS ET NAGUÈRE

1

PAUL VERLAINE

JADIS ET NAGUÈRE

POÉSIES

PRIX : 3 FRANCS

PARIS

LÉON VANIER, Libraire-Éditeur

19, Quai Saint-Michel, 19

1884

JADIS

PROLOGUE

—

En route, mauvaise troupe!
Partez, mes enfants perdus!
Ces loisirs vous étaient dûs :
La Chimère tend sa croupe.

Partez, grimpés sur son dos,
Comme essaime un vol de rêves
D'un malade dans les brèves
Fleurs vagues de ses rideaux.

Ma main tiède qui s'agile
Faible encore, mais enfin
Sans fièvre, et qui ne palpile
Plus que d'un effort divin,

Ma main vous bénit, petites
Mouches de mes soleils noirs
Et de mes nuits blanches. Vites,
Partez, petits désespoirs,

Petits espoirs, douleurs, joies,
Que dès hier renia
Mon cœur quêtant d'autres proies...
Allez, ægri somnia.

SONNETS ET AUTRES VERS

A la louange de Laure et de Pétrarque

Chose italienne où Shakspeare a passé
Mais que Ronsard fit superbement française,
Fine basilique au large diocèse,
Saint-Pierre-des-Vers, immense et condensé,

Elle, ta marraine, et Lui qui t'a pensé,
Dogme entier toujours debout sous l'exégèse
Même edmondschéresque ou francisquesarceyse,
Sonnet, force acquise et trésor amassé,

Ceux-là sont très bons et toujours vénérables,
Ayant procuré leur luxe aux misérables
Et l'or fou qui sied aux pauvres glorieux,

Aux poètes fiers comme les gueux d'Espagne,
Aux vierges qu'exalte un rhythme exact, aux yeux
Epris d'ordre, aux cœurs qu'un vœu chaste accompagne.

PIERROT

A Léon Valade

Ce n'est plus le rêveur lunaire du vieil air
Qui riait aux aïeux dans les dessus de porte;
Sa gaîté, comme sa chandelle, hélas! est morte,
Et son spectre aujourd'hui nous hante, mince et clair.

Et voici que parmi l'effroi d'un long éclair
Sa pâle blouse a l'air, au vent froid qui l'emporte,
D'un linceul, et sa bouche est béante de sorte
Qu'il semble hurler sous les morsures du ver.

Avec le bruit d'un vol d'oiseaux de nuit qui passe,
Ses manches blanches font vaguement par l'espace
Des signes fous auxquels personne ne répond.

Ses yeux sont deux grands trous où rampe du phosphore
Et la farine rend plus effroyable encore
Sa face exsangue au nez pointu de moribond.

KALEIDOSCOPE

A Germain Nouveau

Dans une rue, au cœur d'une ville de rêve,
Ce sera comme quand on a déjà vécu :
Un instant à la fois très vague et très aigu...
O ce soleil parmi la brume qui se lève !

O ce cri sur la mer, cette voix dans les bois !
Ce sera comme quand on ignore des causes :
Un lent réveil après bien des métempsychoses :
Les choses seront plus les mêmes qu'autrefois

Dans cette rue, au cœur de la ville magique
Où des orgues moudront des gigues dans les soirs,
Où les cafés auront des chats sur les dressoirs,
Et que traverseront des bandes de musique.

Ce sera si fatal qu'on en croira mourir :
Des larmes ruisselant douces le long des joues,
Des rires sanglotés dans le fracas des roues,
Des invocations à la mort de venir,

Des mots anciens comme un bouquet de fleurs fanées !
Les bruits aigres des bals publics arriveront,
Et des veuves avec du cuivre après leur front,
Paysannes, fendront la foule des traînées

Qui flânent là, causant avec d'affreux moutards
Et des vieux sans sourcils que la dartre enfarine,
Cependant qu'à deux pas, dans des senteurs d'urine,
Quelque fête publique enverra des pétards.

Ce sera comme quand on rêve et qu'on s'éveille !
Et que l'on se rendort et que l'on réve encor
De la même féerie et du même décor,
L'été, dans l'herbe, au bruit moiré d'un vol d'abeille.

INTÉRIEUR

A grands plis sombres une ample tapisserie
De haute lice, avec emphase descendrait
Le long des quatre murs immenses d'un retrait
Mystérieux où l'ombre au luxe se marie.

Les meubles vieux, d'étoffe éclatante flétrie,
Le lit entr'aperçu vague comme un regret,
Tout aurait l'attitude et l'âge du secret,
Et l'esprit se perdrait en quelque allégorie.

Ni livres, ni tableaux, ni fleurs, ni clavecins;
Seule, à travers les fonds obscurs, sur des coussins,
Une apparition bleue et blanche de femme

Tristement sourirait — inquiétant témoin —
Au lent écho d'un chant lointain d'épithalame,
Dans une obsession de musc et de benjoin.

DIZAIN MIL HUIT CENT TRENTE

Je suis né romantique et j'eusse été fatal
En un frac très étroit aux boutons de métal,
Avec ma barbe en pointe et mes cheveux en brosse.
Hablant espanol, très loyal et très féroce,
L'œil idoine à l'œillade et chargé de défis.
Beautés mises à mal et bourgeois déconfits
Eussent bondé ma vie et soûlé mon cœur d'homme.
Pâle et jaune, d'ailleurs, et taciturne comme
Un infant scrofuleux dans un Escurial...
Et puis j'eusse été si féroce et si loyal!

A HORATIO

Ami, le temps n'est plus des guitares, des plumes,
Des créanciers, des duels hilares à propos
De rien, des cabarets, des pipes aux chapeaux
Et de cette gaîté banale où nous nous plûmes.

Voici venir, ami très tendre qui t'allumes
Au moindre dé pipé, mon doux briseur de pots,
Horatio, terreur et gloire des tripots,
Cher diseur de jurons à remplir cent volumes,

Voici venir parmi les brumes d'Elseneur
Quelque chose de moins plaisant, sur mon honneur,
Qu'Ophélia, l'enfant aimable qui s'étonne.

C'est le spectre, le spectre impérieux! Sa main
Montre un but et son œil éclaire et son pied tonne,
Hélas! et nul moyen de remettre à demain!

SONNET BOITEUX

A Ernest Delahaye

Ah ! vraiment c'est triste, ah ! vraiment ça finit trop mal.
Il n'est pas permis d'être à ce point infortuné.
Ah ! vraiment c'est trop la mort du naïf animal
Qui voit tout son sang couler sous son regard fané.

Londres fume et crie. O quelle ville de la Bible !
Le gaz flambe et nage et les enseignes sont vermeilles.
Et les maisons dans leur ratatinement terrible
Épouvantent comme un sénat de petites vieilles.

Tout l'affreux passé saute, piaule, miaule et glapit
Dans le brouillard rose et jaune et sale des *sohos*
Avec des *indeeds* et des *all rights* et des *hâos*.

Non vraiment c'est trop un martyre sans espérance,
Non vraiment cela finit trop mal, vraiment c'est triste :
O le feu du ciel sur cette ville de la Bible !

LE CLOWN

A Laurent Tailhade

Bobèche, adieu ! bonsoir, Paillasse ! arrière, Gille !
Place, bouffons vieillis, au parfait plaisantin,
Place ! très grave, très discret et très hautain,
Voici venir le maître à tous, le clown agile

Plus souple qu'Arlequin et plus brave qu'Achille,
C'est bien lui, dans sa blanche armure de satin ;
Vides et clairs ainsi que des miroirs sans tain,
Ses yeux ne vivent pas dans son masque d'argile.

Ils luisent bleus parmi le fard et les onguents,
Cependant que la tête et le buste, élégants,
Se balancent sur l'arc paradoxal des jambes.

Puis il sourit. Autour le peuple bête et laid,
La canaille puante et *sainte* des Iambes
Acclame l'histrion sinistre qui la hait.

Écrit sur l'Album de Mme N. de V.

Des yeux tout autour de la téte
Ainsi qu'il est dit dans Murger.
Point très bonne. Un esprit d'enfer
Avec des rires d'alouette.

Sculpteur, musicien, poète
Sont ses hôtes. Dieux, quel hiver
Nous passâmes! Ce fut amer
Et doux. Un sabbat! Une fête!

Ses cheveux, noir tas sauvage où
Scintille un barbare bijou,
La font reine et la font fantoche.

Ayant vu cet ange pervers,
« Oùsqu'est mon sonnet? dit Arvers
Et Chilpéric dit : « Sapristoche! »

LE SQUELETTE

A Albert Mérat

Deux reîtres saouls, courant les champs, virent parmi
La fange d'un fossé profond, une carcasse
Humaine dont la faim torve d'un loup fugace
Venait de disloquer l'ossature à demi.

La tête, intacte, avait ce rictus ennemi
Qui nous attriste, nous énerve et nous agace.
Or, peu mystiques, nos capitaines Fracasse
Songèrent (John Falstaff lui-même en eût frémi)

Qu'ils avaient bu, que tout vin bu filtre et s'égoutte,
Et qu'en outre ce mort avec son chef béant
Ne serait pas fâché de boire aussi, sans doute.

Mais comme il ne faut pas insulter au Néant,
Le squelette s'étant dressé sur son séant
Fit signe qu'ils pouvaient continuer leur route.

A Albert Mérat

Et nous voilà très doux à la bêtise humaine,
Lui pardonnant vraiment et même un peu touchés
De sa candeur extrême et des torts très légers
Dans le fond qu'elle assume et du train qu'elle mène.

Pauvres gens que les gens ! Mourir pour Célimène,
Épouser Angélique ou venir de nuit chez
Agnès et la briser, et tous les sots péchés,
Tel est l'Amour encor plus faible que la Haine !

L'Ambition, l'Orgueil, des tours dont vous tombez,
Le Vin, qui vous imbibe et vous tord imbibés,
L'Argent, le Jeu, le Crime, un tas de pauvres crimes !

C'est pourquoi, mon très cher Mérat, Mérat et moi,
Nous étant dépouillés de tout banal émoi,
Vivons dans un dandysme épris des seules Rimes !

ART POÉTIQUE

A Charles Morice

De la musique avant toute chose,
Et pour cela préfère l'Impair
Plus vague et plus soluble dans l'air,
Sans rien en lui qui pèse ou qui pose.

Il faut aussi que tu n'ailles point
Choisir tes mots sans quelque méprise :
Rien de plus cher que la chanson grise
Où l'Indécis au Précis se joint.

C'est des beaux yeux derrière des voiles,
C'est le grand jour tremblant de midi,
C'est, par un ciel d'automme attiédi,
Le bleu fouillis des claires étoiles !

Car nous voulons la Nuance encor,
Pas la Couleur, rien que la nuance!
Oh! la nuance seule fiance
Le rêve au rêve et la flûte au cor!

Fuis du plus loin la Pointe assassine,
L'Esprit cruel et le Rire impur,
Qui font pleurer les yeux de l'Azur,
Et tout cet ail de basse cuisine!

Prends l'éloquence et tords lui son cou!
Tu feras bien, en train d'énergie,
De rendre un peu la Rime assagie.
Si l'on n'y veille, elle ira jusqu'où?

O qui dira les torts de la Rime?
Quel enfant sourd ou quel nègre fou
Nous a forgé ce bijou d'un sou
Qui sonne creux et faux sous la lime?

De la musique encore et toujours!
Que ton vers soit la chose envolée
Qu'on sent qui fuit d'une âme en allée
Vers d'autres cieux à d'autres amours.

Que ton vers soit la bonne aventure
Éparse au vent crispé du matin
Qui va fleurant la menthe et le thym...
Et tout le reste est littérature.

LE PITRE

Le tréteau qu'un orchestre emphatique secoue
Grince sous les grands pieds du maigre baladin
Qui harangue non sans finesse et sans dédain
Les badauds piétinant devant lui dans la boue.

Le plâtre de son front et le fard de sa joue
Font merveille. Il pérore et se tait tout soudain,
Reçoit des coups de pieds au derrière, badin
Baise au cou sa commère énorme, et fait la roue.

Ses boniments, de cœur et d'âme approuvons-les.
Son court pourpoint de toile à fleurs et ses mollets
Tournants jusqu'à l'abus valent que l'on s'arrête.

Mais ce qu'il sied à tous d'admirer, c'est surtout
Cette perruque d'où se dresse sur la tête,
Preste, une queue avec un papillon au bout.

ALLÉGORIE

A Jules Valadon

Despotique, pesant, incolore, l'Été,
Comme un roi fainéant présidant un supplice,
S'étire par l'ardeur blanche du ciel complice
Et baille. L'homme dort loin du travail quitté.

L'alouette au matin, lasse, n'a pas chanté.
Pas un nuage, pas un souffle, rien qui plisse
Ou ride cet azur implacablement lisse
Où le silence bout dans l'immobilité.

L'âpre engourdissement a gagné les cigales
Et sur leur lit étroit de pierres inégales
Les ruisseaux à moitié taris ne sautent plus.

Une rotation incessante de moires
Lumineuses étend ses flux et ses reflux...
Des guêpes, çà et là volent, jaunes et noires.

L'AUBERGE

A Jean Moréas

Murs blancs, toît rouge, c'est l'Auberge fraîche au bord
Du grand chemin poudreux où le pied brûle et saigne,
L'auberge gaie avec le *Bonheur* pour enseigne.
Vin bleu, pain tendre, et pas besoin de passe-port.

Ici l'on fume, ici l'on chante, ici l'on dort.
L'hôte est un vieux soldat, et l'hôtesse qui peigne
Et lave dix marmots roses et pleins de teigne
Parle d'amour, de joie et d'aise, et n'a pas tort!

La salle au noir plafond de poutres, aux images
Violentes, *Maleck Adel* et les *Rois Mages*,
Vous accueille d'un bon parfum de soupe aux choux.

Entendez-vous? C'est la marmite qu'accompagne
L'horloge du tic tac allègre de son pouls.
Et la fenêtre s'ouvre au loin sur la campagne.

CIRCONSPECTION

A Gaston Sénéchal

Donne ta main, retiens ton souffle, asseyons-nous
Sous cet arbre géant où vient mourir la brise
En soupirs inégaux sous la ramure grise
Que caresse le clair de lune blême et doux.

Immobiles, baissons nos yeux vers nos genoux.
Ne pensons pas, rêvons. Laissons faire à leur guise
Le bonheur qui s'enfuit et l'amour qui s'épuise,
Et nos cheveux frôlés par l'aile des hiboux.

Oublions d'espérer. Discrète et contenue,
Que l'âme de chacun de nous deux continue
Ce calme et cette mort sereine du soleil.

Restons silencieux parmi la paix nocturne :
Il n'est pas bon d'aller troubler dans son sommeil
La nature, ce dieu féroce et taciturne.

VERS POUR ÊTRE CALOMNIÉ

A Charles Vignier

Ce soir je m'étais penché sur ton sommeil.
Tout ton corps dormait chaste sur l'humble lit,
Et j'ai vu, comme un qui s'applique et qui lit,
Ah! j'ai vu que tout est vain sous le soleil!

Qu'on vive, ô quelle délicate merveille,
Tant notre appareil est une fleur qui plie!
O pensée aboutissant à la folie!
Va, pauvre, dors! moi, l'effroi pour toi m'éveille.

Ah! misère de t'aimer, mon frêle amour
Qui vas respirant comme on expire un jour!
O regard fermé que la mort fera tel!

O bouche qui ris en songe sur ma bouche,
En attendant l'autre rire plus farouche!
Vite, éveille-toi. Dis, l'âme est immortelle?

LUXURES

A Léo Trézenik

Chair! ô seul fruit mordu des vergers d'ici-bas,
Fruit amer et sucré qui jûtes aux dents seules
Des affamés du seul amour, bouches ou gueules,
Et bon dessert des forts, et leur joyeux repas,

Amour! le seul émoi de ceux que n'émeut pas
L'horreur de vivre, Amour qui presses sous tes meules
Les scrupules des libertins et des bégueules
Pour le pain des damnés qu'élisent les sabbats,

Amour, tu m'apparais aussi comme un beau pâtre
Dont rêve la fileuse assise auprès de l'âtre
Les soirs d'hiver dans la chaleur d'un sarment clair,

Et la fileuse c'est la Chair, et l'heure tinte
Où le rêve étreindra la rêveuse, — heure sainte
Ou non! qu'importe à votre extase, Amour et Chair?

VENDANGES

A Georges Rall

Les choses qui chantent dans la tête
Alors que la mémoire est absente,
Écoutez ! c'est notre sang qui chante...
O musique lointaine et discrète !

Écoutez ! c'est notre sang qui pleure
Alors que notre âme s'est enfuie
D'une voix jusqu'alors inouïe
Et qui va se taire tout à l'heure.

Frère du sang de la vigne rose,
Frère du vin de la veine noire,
O vin, ô sang, c'est l'apothéose !

Chantez, pleurez ! Chassez la mémoire
Et chassez l'âme, et jusqu'aux ténèbres
Magnétisez nos pauvres vertèbres.

IMAGES D'UN SOU

A Léon Dierx.

De toutes les douleurs douces
Je compose mes magies !
Paul, les paupières rougies,
Erre seul aux Pamplemousses.
La Folle-par-amour chante
Une ariette touchante.
C'est la mère qui s'alarme
De sa fille fiancée.
C'est l'épouse délaissée
Qui prend un sévère charme
A s'exagérer l'attente
Et demeure palpitante.
C'est l'amitié qu'on néglige
Et qui se croit méconnue.
C'est toute angoisse ingénue,
C'est tout bonheur qui s'afflige :
L'enfant qui s'éveille et pleure,

Le prisonnier qui voit l'heure,
Les sanglots des tourterelles,
La plainte des jeunes filles.
C'est l'appel des Inésilles
— Que gardent dans des tourelles
De bons vieux oncles avares —
A tous sonneurs de guitares.
Voici Damon qui soupire
Sa tendresse à Geneviève
De Brabant qui fait ce rêve
D'exercer un chaste empire
Dont elle-même se pâme
Sur la veuve de Pyrame
Tout exprès ressuscitée,
Et la forêt des Ardennes
Sent circuler dans ses veines
La flamme persécutée
De ces princesses errantes
Sous les branches murmurantes.
Et madame Malbrouck monte
A sa tour pour mieux entendre
La viole et la voix tendre
De ce cher trompeur de Comte
Ory qui revient d'Espagne
Sans qu'un doublon l'accompagne.

Mais il s'est couvert de gloire
Aux gorges des Pyrénées
Et combien d'infortunées
Au teint de lys et d'ivoire
Ne fit-il pas à tous risques
Là-bas, parmi les Morisques!...
Toute histoire qui se mouille
De délicieuses larmes,
Fût-ce à travers des chocs d'armes
Aussitôt chez moi s'embrouille,
Se mêle à d'autres encore,
Finalement s'évapore
En capricieuses nues,
Laissant à travers des filtres
Subtils talismans et philtres
Au fin fond de mes cornues
Au feu de l'amour rougies.
Accourez à mes magies!
C'est très beau. Venez d'aucunes
Et d'aucuns. Entrrez, bagasse!
Cadet-Roussel est paillasse
Et vous dira vos fortunes.
C'est Crédit qui tient la caisse.
Allons vite qu'on se presse!

LES UNS ET LES AUTRES

COMÉDIE DÉDIÉE A

Théodore de Banville

LES UNS ET LES AUTRES

PERSONNAGES :

MYRTIL
SYLVANDRE
ROSALINDE
CHLORIS
MEZZETIN
CORYDON
AMINTE
BERGERS, MASQUES.

La scène se passe dans un parc de Wateau, vers une fin d'après-midi d'été.

Une nombreuse compagnie d'hommes et de femmes est groupée, en de nonchalantes attitudes, autour d'un chanteur costumé en Mezzetin qui s'accompagne doucement sur une mandoline.

SCÈNE I

MEZZETIN, *chantant.*

Puisque tout n'est rien que fables,
Hormis d'aimer ton désir,
Jouis vite du loisir
Que te font des dieux affables.

Puisqu'à ce point se trouva
Facile ta destinée,
Puisque vers toi ramenée
L'Arcadie est proche, — va!

Va! le vin dans les feuillages
Fait éclater les beaux yeux
Et battre les cœurs joyeux
A l'étroit sous les corsages....

CORYDON

A l'exemple de la cigale nous avons
Chanté...

AMINTE

Si nous allions danser?

TOUS, *moins Myrtil, Rosalinde, Sylvandre et Chloris.*

Nous nous suivons!
(Ils sortent, à l'exception des mêmes.)

SCÈNE II

MYRTIL, ROSALINDE, SYLVANDRE et CHLORIS.
ROSALINDE, *à Myrtil.*

Restons.

CHLORIS, *à Sylvandre.*

Favorisé, vous pouvez dire l'être :
J'aime la danse à m'en jeter par la fenêtre,
Et si je ne vais pas sur l'herbette avec eux
C'est bien pour vous !

(Sylvandre la presse)

Paix-là ! Que vous êtes fougueux !

(Sortent Sylvandre et Chloris.)

SCÈNE III

MYRTIL, ROSALINDE

ROSALINDE

Parlez-moi.

MYRTIL

De quoi donc voulez-vous que je cause ?
Du passé ? Cela vous ennuierait, et pour cause.
Du présent ? A quoi bon, puisque nous y voilà ?
De l'avenir ? Laissons en paix ces choses-là !

ROSALINDE

Parlez-moi du passé.

MYRTIL

Pourquoi ?

ROSALINDE

C'est mon caprice.
Et fiez-vous à la mémoire adulatrice
Qui va teinter d'azur les plus mornes jadis
Et masque les enfers anciens en paradis.

MYRTIL

Soit donc! J'évoquerai, ma chère, pour vous plaire,
Ce morne amour qui fut, hélas! notre chimère,
Regrets sans fin, ennuis profonds, poignants remords,
Et toute la tristesse atroce des jours morts;
Je dirai nos plus beaux espoirs déçus sans cesse,
Ces deux cœurs dévoués jusques à la bassesse
Et soumis l'un à l'autre, et puis, finalement,
Pour toute récompense et tout remerciement,
Navrés, martyrisés, bafoués l'un par l'autre,
Ma folle jalousie étreinte par la vôtre,
Vos soupçons complétant l'horreur de mes soupçons,
Toutes vos trahisons, toutes mes trahisons!
Oui, puisque ce passé vous flatte et vous agrée,
Ce passé que je lis tracé comme à la craie

Sur le mur ténébreux du souvenir, je veux,
Ce passé tout entier, avec ses désaveux
Et ses explosions de pleurs et de colère,
Vous le redire, afin, ma chère, de vous plaire!

ROSALINDE

Savez-vous que je vous trouve admirable, ainsi
Plein d'indignation élégante?

MYRTIL, *irrité*.

Merci!

ROSALINDE

Vous vous exagérez aussi par trop les choses.
Quoi! pour un peu d'ennui, quelques heures moroses,
Vous lamenter avec ce courroux enfantin!
Moi, je rends grâçe au dieu qui me fit ce destin
D'avoir aimé, d'aimer l'ingrat, d'aimer encore
L'ingrat qui tient de sots discours, et qui m'adore
Toujours, ainsi qu'il sied d'ailleurs en ce pays
De Tendre. Oui! Car malgré vos regards ébahis
Et vos bras de poupée inerte, je suis sûre
Que vous gardez toujours ouverte la blessure
Faite par ces yeux-ci, boudeur, à ce cœur-là.

MYRTIL, *attendri.*

Pourtant le jour où cet amour m'ensorcela
Vous fut autant qu'à moi funeste, mon amie.
Croyez-moi, réveiller la tendresse endormie,
C'est téméraire, et mieux vaudrait pieusement
Respecter jusqu'au bout son assoupissement
Qui ne peut que finir par la mort naturelle.

ROSALINDE

Fou ! par quoi pouvons-nous vivre, sinon par elle?

MYRTIL, *sincère.*

Alors, mourons !

ROSALINDE

Vivons plutôt ! Fût-ce à tout prix !
Quant à moi, vos aigreurs, vos fureurs, vos mépris,
Qui ne sont, je le sais, qu'un dépit éphémère,
Et cet orgueil qui rend votre parole amère,
J'en veux faire litière à mon amour têtu,
Et je vous aimerai quand même; m'entends-tu?

MYRTIL

Vous êtes mutinée...

ROSALINDE

Allons, laissez-vous faire!

MYRTIL, *cédant*

Donc, il le faut!

ROSALINDE

Venez cueillir la primevère
De l'amour renaissant timide après l'hiver.
Quittez ce front chagrin, souriez comme hier
A ma tendresse entière et grande, encor qu'ancienne!

MYRTIL

Ah, toujours tu m'auras mené, magicienne!

(Ils sortent. Rentrent Sylvandre et Chloris.)

SCÈNE IV

SYLVANDRE, CHLORIS.

CHLORIS, *courant.*

Non!

SYLVANDRE

Si !

CHLORIS

Je ne veux pas...

SYLVANDRE, *la baisant sur la nuque.*

Dites : je ne veux plus!

(la tenant embrassée)

Mais voici, j'ai fixé vos vœux irrésolus
Et le milan affreux tient la pauvre hirondelle.

CHLORIS

Fi! l'action vilaine! Au moins rougissez d'elle!
Mais non! Il rit, il rit!

(pleurnichant pour rire)

Ah, oh, hi, que c'est mal!

SYLVANDRE

Tarare! mais le seul état vraiment normal,
C'est le nôtre, c'est, fous l'un de l'autre, gais, libres,

Jeunes, et méprisant tous autres équilibres
Quelconques, qui ne sont que cloche-pieds piteux,
D'avoir deux cœurs pour un, et, chère âme, un pour deux!

CHLORIS

Que voilà donc, monsieur l'amant, de beau langage!
Vous êtes procureur ou poète, je gage,
Pour ainsi discourir, sans rire, obscurément..

SYLVANDRE

Vous vous moquez avec un babil très charmant,
Et me voici deux fois épris de ma conquête:
Tant d'éclat en vos yeux jolis, et dans la tête
Tant d'esprit! Du plus fin encore, s'il vous plait.

CHLORIS

Et si je vous trouvais par hasard bête et laid,
Fier conquérant fictif, grand vainqueur en peinture?

SYLVANDRE

Alors, n'eussiez-vous pas arrêté l'aventure
De tantôt, qui semblait exclure tout dégoût
Conçu par vous, à mon détriment, après tout?

CHLORIS

O la fatuité des hommes qu'on n'évince
Pas sur le champ! Allez, allez, la preuve est mince
Que vous invoquez là d'un penchant présumé
De mon cœur pour le vôtre, aspirant bien-aimé.
— Au fait, chacun de nous vainement déblatère
Et, tenez, je vous vais dire mon caractère,
Pour qu'étant à la fin bien au courant de moi
Si vous souffrez, du moins vous connaissiez pourquoi.
Sachez donc...

SYLVANDRE

Que je meure ici, ma toute belle
Si j'exige...

CHLORIS

— Sachez d'abord vous taire. — Or celle
Qui vous parle est coquette et folle. Oui, je le suis.
J'aime les jours légers et les frivoles nuits;
J'aime un ruban qui m'aille, un amant qui me plaise,
Pour les bien détester après tout à mon aise.
Vous, par exemple, vous, monsieur, que je n'ai pas
Naguère tout à fait traité de haut en bas,
Me dussiez-vous tenir pour la pire pécore,
Eh bien, je ne sais pas si je vous souffre encore!

SYLVANDRE, *souriant.*

Dans le doute...

CHLORIS, *coquette, s'enfuyant.*

« Abstiens-toi, » dit l'autre. Je m'abstiens.

SYLVANDRE, *presque naïf.*

Ah! c'en est trop, je souffre et m'en vais pleurer.

CHLORIS, *touchée, mais gaie.*

Viens,
Enfant, mais souviens-toi que je suis infidèle
Souvent, ou bien plutôt capricieuse. Telle
Il faut me prendre. Et puis voyez-vous, nous voici
Tous deux bien amoureux, — car je vous aime aussi, —
Là! voilà le grand mot lâché! Mais...

SYLVANDRE

O cruelle
Réticence!

CHLORIS

Attendez la fin, pauvre cervelle.
Mais, dirais-je, malgré tous nos transports et tous

Nos serments mutuels, solennels, et jaloux
D'être éternels, un dieu malicieux préside
Aux autels de Paphos —

(Sur un geste de dénégation de Sylvandre.)

C'est un fait — et de Gnide.
Telle est la loi qu'Amour à nos cœurs révéla.
L'on n'a pas plutôt dit ceci qu'on fait cela.
Plus tard on se repent, c'est vrai, mais le parjure
A des ailes, et comme il perdrait sa gageure
Celui qui poursuivrait un mensonge envolé !
Qu'y faire ? Promener son souci désolé,
Bras ballants, yeux rougis, la tête décoiffée,
A travers monts et vaux, ainsi qu'un autre Orphée,
Gonfler l'air de soupirs et l'océan de pleurs
Par l'indiscrétion de bavardes douleurs ?
Non, cent fois non ! Plutôt aimer à l'aventure
Et ne demander pas l'impossible à Nature !
Nous voici, venez-vous de dire, bien épris
L'un de l'autre, soyons heureux, faisons mépris
De tout ce qui n'est pas notre douce folie !
Deux cœurs pour un, un cœur pour deux... je m'y rallie,
Me voici vôtre, tienne !... Êtes-vous rassuré ?
Tout à l'heure j'avais mille fois tort, c'est vrai,
D'ainsi bouder un cœur offert de bonne grâce,
Et c'est moi qui reviens à vous, de guerre lasse.

Donc aimons-nous. Prenez mon cœur avec ma main,
Mais, pour Dieu, n'allons pas songer au lendemain,
Et si ce lendemain doit ne pas être aimable,
Sachons que tout bonheur repose sur le sable,
Qu'en amour il n'est pas de malhonnêtes gens,
Et surtout soyons nous l'un à l'autre indulgents.
Cela vous plaît?

SYLVANDRE

Cela me plairait si...

SCÈNE V

LES PRÉCÉDENTS, MYRTIL

MYRTIL, *survenant.*

Madame
A raison. Son discours serait l'épithalame
Que j'eusse proféré si...

CHLORIS

Cela fait deux « si »,
C'est un de trop.

MYRTIL, *à Chloris.*

Je pense absolument ainsi
Que vous.

CHLORIS, *à Sylvandre.*

Et vous, monsieur?

SYLVANDRE

La vérité m'oblige...

CHLORIS, *au même.*

Eh quoi, monsieur, déjà si tiède!...

MYRTIL, *à Chloris.*

L'homme-lige
Qu'il vous faut, ô Chloris, c'est moi...

SCÈNE VI

LES PRÉCÉDENTS, ROSALINDE

ROSALINDE, *survenant.*

Salut! je suis
Alors, puisqu'il le faut décidément, depuis
Tous ces étonnements où notre cœur se joue,
A votre chariot la cinquième roue.

(*à Myrtil.*)

Je vous rends vos serments anciens et les nouveaux
Et les récents, les vrais aussi bien que les faux.

MYRTIL, *au bras de Chloris et protestant comme par manière d'acquit.*

Chère!

ROSALINDE

Vous n'avez pas besoin de vous défendre,
Car me voici l'amie intime de Sylvandre.

SYLVANDRE, *ravi, surpris, et léger.*

O doux Charybde après un aimable Scylla!
Mais celle-ci va faire ainsi que celle-là
Sans doute, et toutes deux, adorables coquettes
Dont les caprices sont bel et bien des raquettes
Joueront avec mon cœur, je le crains, au volant.

CHLORIS, *à Sylvandre.*

Fat!

ROSALINDE, *au même.*

Ingrat!

MYRTIL, *au même.*

Insolent!

SYLVANDRE, *à Myrtil.*

Quant à cet « insolent »,
Ami cher, mes griefs sont au moins réciproques
Et s'il est vrai que nous te vexions, tu nous choques.

(à Rosalinde et à Chloris.)

Mesdames, je suis votre esclave à toutes deux,
Mais mon cœur qui se cabre aux chemins hasardeux
Est un méchant cheval réfractaire à la bride
Qui devant tout péril connu s'enfuit, rapide,
A tous crins, s'allât-il rompre le col plus loin.

(à Rosalinde.)

Or donc, si vous avez, Rosalinde, besoin
Pour un voyage au bleu pays des fantaisies
D'un franc coursier, gourmand de provendes choisies
Et quelque peu fringant, mais jamais rebuté,
Chevauchez à loisir ma bonne volonté.

MYRTIL

La déclaration est un tant soit peu roide.
Mais, bah! chat échaudé craint l'eau, fût-elle froide,

(à Rosalinde.)

N'est-ce pas, Rosalinde, et vous le savez bien
Que ce chat-là surtout, c'est moi.

ROSALINDE

Je ne sais rien.

MYRTIL

Et puisqu'en ce conflit où chacun se rebiffe
Chloris aussi veut bien m'avoir pour hippogriffe
De ses rêves devers la lune ou bien ailleurs,
Me voici tout bridé, couvert d'ailleurs de fleurs
Charmantes aux odeurs puissantes et divines
Dont je sentirai bien tôt ou tard les épines,

(à Chloris.)

Madame, n'est-ce pas?

CHLORIS

Taisez-vous, et m'aimez.

Adieu, Sylvandre!

ROSALINDE

Adieu Myrtil!

MYRTIL, *à Rosalinde*

Est-ce à jamais?

SYLVANDRE, *à Chloris.*

C'est pour toujours?

ROSALINDE

Adieu, Myrtil!

CHLORIS

Adieu, Sylvandre!

(*Sortent Sylvandre et Rosalinde.*)

SCÈNE VII

MYRTIL, CHLORIS

CHLORIS

C'est donc que vous avez de l'amour à revendre
Pour, le joug d'une amante irritée écarté,
Vous tourner aussitôt vers ma faible beauté?

MYRTIL

Croyez-vous qu'elle soit à ce point offensée?

CHLORIS

Qui? ma beauté?

MYRTIL

Non. L'autre...

CHLORIS

Ah! — J'avais la pensée
Bien autre part, je vous l'avoue, et m'attendais
A quelque madrigal un peu compliqué, mais
Sans doute vous voulez parler de Rosalinde
Et du courroux auquel son cœur crispé se guinde...
N'en doutez pas, elle est vexée horriblement.

MYRTIL

En êtes-vous bien sûre?

CHLORIS

Ah çà, pour un amant
Tout récemment élu, sur sa chaude supplique
Encore! et dans un tel concours mélancolique
Malgré qu'un tant soit peu plaisant d'événements,
Ne pouvez-vous pas mieux employer les moments
Premiers de nos premiers amours, ô cher Thésée,
Qu'à vous préoccuper d'Ariane laissée?
— Mais taisons cela, quitte à plus tard en parler. —

Eh oui, là je vous jure, à ne vous rien céler,
Que Rosalinde éprise encor d'un infidèle,
Trépigne, peste, enrage, et sa rancœur est telle
Qu'elle m'en a pris mon Sylvandre de dépit.

MYRTIL

Et vous regrettez fort Sylvandre?

CHLORIS

Mal lui prit,
Que je crois, de tomber sur votre ancienne amie?

MYRTIL

Et pourquoi?

CHLORIS

Faux naïf! je ne le dirai mie.

MYRTIL

Mais regrettez-vous fort Sylvandre?

CHLORIS

M'aimez-vous,
Vous?

MYRTIL

Vos yeux sont si beaux, votre...

CHLORIS

Êtes-vous jaloux
De Sylvandre?

MYRTIL, *très vivement.*

O oui!

(*Se reprenant.*)

Mais au passé, chère belle.

CHLORIS

Allons, un tel aveu, bien que tardif, s'appelle
Une galanterie et je l'admets ainsi.
Donc vous m'aimez?

MYRTIL, *distrait, après un silence.*

O oui!

CHLORIS

Quel amoureux transi
Vous seriez si d'ailleurs vous l'étiez de moi!

MYRTIL, *même jeu que précédemment.*

Douce
Amie!

CHLORIS

Ah, que c'est froid : « Douce amie ! » Il vous trousse
Un compliment banal et prend un air vainqueur!
J'aurai longtemps vos « oui » de tantôt sur le cœur.

MYRTIL, *indolemment.*

Permettez...

CHLORIS

Mais voici Rosalinde et Sylvandre.

MYRTIL, *comme réveillé en sursaut.*

Rosalinde!

CHLORIS

Et Sylvandre. Et quel besoin de fendre
Ainsi l'air de vos bras en façon de moulin?
Ils débusquent. Tournons vite le terre-plain
Et vidons, s'il vous plaît, ailleurs cette querelle.

(Ils sortent.)

SCÈNE VIII

SYLVANDRE, ROSALINDE

SYLVANDRE

Et voilà mon histoire en deux mots.

ROSALINDE

Elle est telle
Que j'y lis à l'envers l'histoire de Myrtil.
Par un pressentiment inquiet et subtil
Vous redoutez l'amour qui venait et sa lèvre
Aux baisers inconnus encore, et lui qu'enfièvre
Le souvenir d'un vieil amour désenlacé,
Stupide autant qu'ingrat, il a peur du passé,
Et tous deux avez tort, allez, Sylvandre.

SYLVANDRE

Dites
Qu'il a tort...

ROSALINDE

Non, tous deux, et vous n'êtes pas quittes,
Et tous deux souffrirez, et ce sera bien fait.

SYLVANDRE

Après tout je ne vois que très mal mon forfait
Et j'ignore très bien quel sera mon martyre
(*minaudant*.)
A moins que votre cœur...

ROSALINDE

Vous avez tort de rire.

SYLVANDRE

Je ne ris pas. Je dis posément, d'une part,
Que je ne crois point tant criminel mon départ
D'avec Chloris, coquette aimable mais sujette
A caution, et puis, d'autre part je projette
D'être heureux avec vous qui m'avez bien voulu
Recueillir quand brisé, désemparé, moulu,
Berné par ma maîtresse et planté-là par elle
J'allais probablement me brûler la cervelle
Si j'avais eu quelque arme à feu sous mes dix doigts.
Oui je vais vous aimer, je le veux (je le dois
En outre), je vais vous aimer à la folie...
Donc, arrière regrets, dépit, mélancolie!
Je serai votre chien féal, ton petit loup
Bien doux...

ROSALINDE

Vous avez tort de rire, encore un coup.

SYLVANDRE

Encore un coup, je ne ris pas. Je vous adore,
J'idolâtre ta voix si tendrement sonore,
J'aime vos pieds, petits à tenir dans la main,
Qui font un bruit mignard et gai sur le chemin
Et luisent, rêves blancs, sous les pompons des mules.
Quant tes grands yeux, de qui les astres sont émules
Abaissent jusqu'à nous leurs aimables rayons,
Comparable à ces fleurs d'été que nous voyons
Tourner vers le soleil leur fidèle corolle
Lors je tombe en extase et reste sans parole,
Sans vie et sans pensée, éperdu, fou, hagard,
Devant l'éclat charmant et fier de ton regard.
Je frémis à ton souffle exquis comme au vent l'herbe,
O ma charmante, ô ma divine, ô ma superbe,
Et mon âme palpite au bout de tes cils d'or...
— A propos, pensez-vous que Chloris m'aime encor?

ROSALINDE

Et si je le pensais?

SYLVANDRE

Question saugrenue
En effet!

ROSALINDE

Voulez-vous la vérité bien nue?

SYLVANDRE

Non! Que me fait? Je suis un sot, et me voici
Confus, et je vous aime uniquement.

ROSALINDE

Ainsi,
Cela vous est égal qu'il soit patent, palpable,
Evident, que Chloris vous adore...

SYLVANDRE

Du diable
Si c'est possible! Elle! Elle? Allons donc!

(Soucieux tout à coup, à part.)

Hélas!

ROSALINDE

Quoi,
Vous en doutez?

SYLVANDRE

Ce cœur voiage suit sa loi,
Elle leurre à présent Myrtil...

ROSALINDE, *passionnément.*

Elle le leurre,
Dites-vous? Mais alors il l'aime!...

SYLVANDRE

Que je meure
Si je comprends ce cri jaloux!

ROSALINDE

Ah, taisez-vous!

SYLVANDRE

Un trompeur! une folle!

ROSALINDE

Es-tu donc pas jaloux
De Myrtil, toi, hein, dis?

SYLVANDRE, *comme frappé subitement d'une idée douloureuse.*

Tiens! la fâcheuse idée!
Mais c'est qu'oui! me voici l'âme tout obsédée...

ROSALINDE, *presque joyeuse.*

Ah, vous êtes jaloux aussi, je savais bien!

SYLVANDRE, *à part.*

Feignons encor.

(*à Rosalinde.*)

Je vous jure qu'il n'en est rien
Et si vraiment je suis jaloux de quelque chose
Le seul Myrtil du temps jadis en est la cause.

ROSALINDE

Trève de compliments fastidieux. Je suis
Très triste, et vous aussi. Le but que je poursuis

Est le vôtre. Causons de nos deuils identiques.
Des malheureux ce sont, il parait, les pratiques,
Cela, dit-on, console. Or nous aimons toujours
Vous Chloris, moi Myrtil, sans espoir de retours
Apparents. Entre nous la seule différence
C'est que l'on m'a trahie, et que votre souffrance
A vous vient de vous-même, et n'est qu'un châtiment.
Ai-je tort?

SYLVANDRE

Vous lisez dans mon cœur couramment.
Chère Chloris, je t'ai méchamment méconnue!
Qui me rendra jamais ta malice ingénue,
Et ta gaité si bonne, et ta grâce, et ton cœur?

ROSALINDE

Et moi, par un destin bien autrement moqueur,
Je pleure après Myrtil infidèle...

SYLVANDRE

Infidèle!
Mais c'est qu'alors Chloris l'aimerait. O mort d'elle!
J'enrage et je gémis! Mais ne disiez-vous pas
Tantôt qu'elle m'aimait encore. — O cieux, là-bas,
Regardez, les voilà.

ROSALINDE

Qu'est-ce qu'ils vont se dire?

(*Ils remontent le théâtre.*)

SCÈNE IX

LES PRÉCÉDENTS, CHLORIS, MYRTIL

CHLORIS

Allons, encore un peu de franchise, beau sire
Ténébreux. Avouez votre cas tout à fait.
Le silence, n'est-il pas vrai? vous étouffait,
Et l'obligation banale où vous vous crûtes
D'imiter à tout bout de champ la voix des flûtes
Pour quelque madrigal bien fade à mon endroit
Vous étouffait, ainsi qu'un pourpoint trop étroit?
Votre cœur qui battait pour elle dut me taire
Par politesse et par prudence son mystère;
Mais à présent que j'ai presque tout deviné
Pourquoi continuer ce mutisme obstiné?
Parlez d'elle, cela d'abord sera sincère.
Puis vous souffrirez moins, et, s'il est nécessaire
De vous intéresser aux souffrances d'autrui,
J'ai besoin, en retour, de vous parler de lui!

MYRTIL

Et quoi, vous aussi, vous!

CHLORIS

Moi-même, hélas! moi-même.
Puis-je encore espérer que mon bien-aimé m'aime?
Nous étions tous les deux Sylvandre, si bien faits
L'un pour l'autre! Quel sort jaloux, quel dieu mauvais
Fit ce malentendu cruel qui nous sépare?
Hélas, il fut frivole encor plus que barbare
Et son esprit surtout fit que son cœur pécha.

MYRTIL

Espérez, car peut-être il se repent déjà,
Si j'en juge d'après mes remords...

(Il sanglote.)

Et mes larmes!

(Sylvandre et Rosalinde se pressent la main.)

ROSALINDE, *survenant.*

Les pleurs délicieux! Cher instant plein de charmes!

MYRTIL

C'est affreux !

CHLORIS

O douleur !

ROSALINDE, *sur la pointe du pied et très bas.*

Chloris !

CHLORIS

Vous étiez-là ?

ROSALINDE

Le sort capricieux qui nous désassembla
A remis, faisant trêve à son ire inhumaine,
Sylvandre en bonnes mains, et je vous le ramène
Jurant son grand serment qu'on ne l'y prendrait plus.
Est-il trop tard ?

SYLVANDRE, *à Chloris.*

O point de refus absolus !
De grâce ayez pitié quelque peu. La vengeance
Suprême c'est d'avoir un aspect d'indulgence,

Punissez moi sans trop de justice et daignez
Ne me point accabler de traits plus indignés
Que n'en méritent — non mes crimes, — mais ma tête
Folle, mais mon cœur faible et lâche...

(Il tombe à genoux.)

CHLORIS

Êtes-vous bête?
Relevez-vous, je suis trop heureuse à présent
Pour vous dire quoi que ce soit de déplaisant
Et je jette à ton cou chéri mes bras de lierre.
Nous nous expliquerons plus tard (Et ma première
Querelle et mon premier reproche seront pour
L'air de doute dont tu reçus mon pauvre amour
Qui, s'il a quelques tours étourdis et frivoles,
N'en est pas moins, parmi ses apparences folles,
Quelque chose de tout dévoué pour toujours)
Donc, chassons ce nuage, et reprenons le cours
De la charmante ivresse ou s'exalta notre âme.

(à Rosalinde.)

Et quant à vous, soyez sûre, bonne Madame,
De mon amitié franche — et baisez votre sœur.

(Les deux Femmes s'embrassent.)

SYLVANDRE

O si joyeuse avec toute cette douceur!

ROSALINDE, *à Myrtil.*

Que diriez-vous, Myrtil, si je faisais comme elle?

MYRTIL

Dieux! elle a pardonné, clémente autant que belle.

(*à Rosalinde.*)

O laissez-moi baiser vos mains pieusement!

ROSALINDE

Voilà qui finit bien et c'est un cher moment
Que celui-ci. Sans plus parler de ces tristesses,
Soyons heureux.

(*à Chloris et à Sylvandre.*)

Sachez enlacer vos jeunesses,
Doux amis, et joyeux que vous êtes, cueillez
La fleur rouge de vos baisers ensoleillés.

(se retournant vers Myrtil.)

Pour nous, amants anciens sur qui gronda la vie,
Nous vous admirerons sans vous porter envie,
Ayant, nous, nos bonheurs discrets d'après-midi.

(Tous les personnages de la Scène I reviennent se grouper comme au lever du rideau.)

Et voyez, aux rayons du soleil attiédi,
Voici tous nos amis qui reviennent des danses
Comme pour recevoir nos belles confidences.

SCÈNE V

TOUS, *groupés comme ci-dessus.*

MEZZETIN, *chantant*

Va ! sans nul autre souci
Que de conserver ta joie !
Fripe les jupes de soie
Et goûte les vers aussi.

La morale la meilleure
En ce monde ou les plus fous
Sont les plus sages de tous,
C'est encor d'oublier l'heure.

Il s'agit de n'être point
Mélancolique et morose.
La vie est elle une chose
Grave et réelle à ce point?

(*La toile tombe.*)

FIN

VERS JEUNES

LE SOLDAT LABOUREUR

A Edmond Lepelletier

Or ce vieillard était horrible : un de ses yeux,
Crevé, saignait, tandis que l'autre, chassieux,
Brutalement luisait sous son sourcil en brosse ;
Les cheveux se dressaient d'une façon féroce,
Blancs, et paraissaient moins des cheveux que des crins;
Le vieux torse solide encore sur les reins,
Comme au ressouvenir des balles affrontées,
Cambré, contrariait les épaules voûtées ;
La main gauche avait l'air de chercher le pommeau
D'un sabre habituel et dont le long fourreau
Semblait, s'embarrassant avec la sabretache,
Gêner la marche et vers la tombante moustache
La main droite parfois montait, la retroussant.

Il était grand et maigre et jurait en toussant.

Fils d'un garçon de ferme et d'une lavandière,
Le service à seize ans le prit. Il fit entière,

La campagne d'Égypte, Austerlitz, Iéna,
Le virent. En Espagne un moine l'éborgna :
— Il tua le bon père, et lui vola sa bourse, —
Par trois fois traversa la Prusse au pas de course,
En Hesse eut une entaille épouvantable au cou,
Passa brigadier lors de l'entrée à Moscou,
Obtint la croix et fut de toutes les défaites
D'Allemagne et de France, et gagna dans ces fêtes
Trois blessures, plus un brevet de lieutenant
Qu'il résigna bientôt, les Bourbons revenant,
A Mont-Saint-Jean, bravant la mort qui l'environne,
Dit un mot analogue à celui de Cambronne,
Puis quand pour un second exil et le tombeau
La Redingote grise et le petit Chapeau
Quittèrent à jamais leur France tant aimée
Et que l'on eût hélas ! dissous la grande armée,
Il revint au village, étonné du clocher.

Presque forcé pendant un an de se cacher,
Il braconna pour vivre, et quand des temps moins rudes
L'eurent, sans le réduire à trop de platitudes,
Mis à même d'écrire en hauts lieux à l'effet
D'obtenir un secours d'argent qui lui fut fait,
Logea moyennant deux cents francs par an chez une
Parente qu'il avait, dont toute la fortune
Consistait en un champ cultivé pas ses fieux,

L'un marié depuis longtemps et l'autre vieux
Garçon encore, et là notre foudre de guerre
Vivait et bien qu'il fût tout le jour sans rien faire
Et qu'il eût la charrue et la terre en horreur
C'était ce qu'on appelle un soldat laboureur.
Toujours levé dès l'aube et la pipe à la bouche
Il allait et venait, engloutissait, farouche,
Des verres d'eau-de-vie et parfois s'enivrait,
Les dimanches tirait à l'arc au cabaret,
Après diner faisait un quart d'heure sans faute
Sauter sur ses genoux les garçons de son hôte
Ou bien leur apprenait l'exercice et comment
Un bon soldat ne doit songer qu'au fourniment.
Le soir il voisinait, tantôt pinçant les filles,
Habitude un peu trop commune aux vieux soudrilles,
Tantôt, geste ample et voix haute qui dominait
Le grillon incessant derrière le chenêt,
Assis auprès d'un feu de sarments qu'on entoure
Confusément disait l'Elster, l'Estramadoure
Smolensk, Dresde, Lutzen et les ravins vosgeois
Devant quatre ou cinq gars attentifs et narquois
S'exclamant et riant très fort aux endroits farces.

Canonnade compacte et fusillade éparse,
Chevaux éventrés, coups de sabre, prisonniers
Mis à mal entre deux batailles, les derniers

Moments d'un officier ajusté par derrière,
Qui se souvient et qu'on insulte, la barrière
Clichy, les alliés jetés au fond des puits,
La fuite sur la Loire et la maraude, et puis
Les femmes que l'on force après les villes prises,
Sans choix souvent, si bien qu'on a des mèches grises
Aux mains et des dégoûts au cœur après l'ébat
Quand passe le marchef et que le rappel bat,
Puis encore, les camps levés et les déroutes.

Toutes ces gaîtés, tous ces faits d'armes et toutes
Ces gloires défilaient en de longs entretiens,
Entremêlés de gros jurons très peu chrétiens
Et de grands coups de poing sur les cuisses voisines.

Les femmes cependant, sœurs, mères et cousines,
Pleuraient et frémissaient un peu, conformément
A l'usage, tout en se disant : « Le vieux ment. »

Et les hommes fumaient et crachaient dans la cendre.

Et lui qui quelquefois voulait bien condescendre
A parler discipline avec ces bons lourdauds
Se levait, à grands pas marchait, les mains au dos
Et racontait alors quelque fait politique
Dont il se proclamait le témoin authentique,
La Distribution des Aigles, les Adieux,

Le Sacre et ce Dix-huit Brumaire radieux,
Beau jour où le soldat qu'un bavard importune
Brisa du même coup orateurs et tribune,
Où le dieu Mars mis par la Chambre hors la Loi
Mit la Loi hors la Chambre et, sans dire pourquoi,
Balaya du pouvoir tous ces ergoteurs glabres,
Tous ces législateurs qui n'avaient pas de sabres!

Tel parlait et faisait le grognard précité
Qui mourut centenaire à peu près l'autre été.
Le maire conduisit son deuil au cimetière.
Un feu de peloton fut tiré sur sa bière
Par le garde champêtre et quatorze pompiers
Dont sept revinrent plus ou moins estropiés
A cause des mauvais fusils de la campagne.
Un tertre qu'une pierre assez grande accompagne
Et qu'orne un saule en pleurs est l'humble monument
Où notre héros dort perpétuellement.
De plus, suivant le vœu dernier du camarade,
On grava sur la pierre, après ses nom et grade,
Ces mots que tout Français doit lire en tressaillant :
« Amour à la plus belle et gloire au plus vaillant. »

LES LOUPS

Parmi l'obscur champ de bataille
Rôdant sans bruit sous le ciel noir
Les loups obliques font ripaille
Et c'est plaisir que de les voir,

Agiles, les yeux verts, aux pattes
Souples sur les cadavres mous,
— Gueules vastes et têtes plates —
Joyeux, hérisser leurs poils roux.

Un rauquement rien moins que tendre
Accompagne les dents mâchant
Et c'est plaisir que de l'entendre,
Cet hosannah vil et méchant.

— « Chair entaillée et sang qui coule
Les héros ont du bon vraiment.
La faim repue et la soif soûle
Leur doivent bien ce compliment.

« Mais aussi, soit dit sans reproche
Combien de peines et de pas
Nous a coûtés leur seule approche,
On ne l'imaginerait pas.

« Dès que, sans pitié ni relâches,
Sonnèrent leurs pas fanfarons
Nos cœurs de fauves et de lâches,
A la fois gourmands et poltrons,

« Pressentant la guerre et la proie
Pour maintes nuits et pour maints jours
Battirent de crainte et de joie
A l'unisson de leurs tambours.

« Quand ils apparurent ensuite
Tout étincelant de métal,
Oh, quelle peur et quelle fuite
Vers la femelle, au bois natal!

« Ils allaient fiers, les jeunes hommes,
Calmes sous leur drapeau flottant,
Et plus forts que nous ne le sommes
Ils avaient l'air très doux pourtant.

« Le fer terrible de leurs glaives
Luisait moins encor que leurs yeux
Où la candeur d'augustes rêves
Éclatait en regards joyeux.

« Leurs cheveux que le vent fouette
Sous leurs casques battaient, pareils
Aux ailes de quelque mouette,
Pâles avec des tons vermeils.

« Ils chantaiennt des choses hautaines !
Çà parlait de libres combats,
D'amour, de brisements de chaînes
Et de mauvais dieux mis à bas. —

« Ils passèrent. Quand leur cohorte
Ne fût plus là-bas qu'un point bleu,
Nous nous arrangeâmes en sorte
De les suivre en nous risquant peu.

« Longtemps, longtemps rasant la terre,
Discrets, loin derrière eux, tandis
Qu'ils allaient au pas militaire,
Nous marchâmes par rangs de dix,

« Passant les fleuves à la nage
Quand ils avaient rompu les ponts
Quelques herbes pour tout carnage,
N'avançant que par faibles bonds,

« Perdant à tout moment haleine...
Enfin une nuit ces démons
Campèrent au fond d'une plaine
Entre des forêts et des monts.

« Là nous les guettâmes à l'aise,
Car ils dormaient pour la plupart.
Nos yeux pareils à de la braise
Brillaient autour de leur rempart,

« Et le bruit sec de nos dents blanches
Qu'attendaient des festins si beaux
Faisait cliqueter dans les branches
Le bec avide des corbeaux.

« L'aurore éclate. Une fanfare
Épouvantable met sur pied
La troupe entière qui s'effare.
Chacun s'équipe comme il sied.

« Derrière les hautes futaies
Nous nous sommes dissimulés
Tandis que les prochaines haies
Cachent les corbeaux affolés.

« Le soleil qui monte commence
A brûler. La terre a frémi.
Soudain une clameur immense
A retenti. C'est l'ennemi !

« C'est lui, c'est lui ! Le sol résonne
Sous les pas durs des conquérants.
Les polémarques en personne
Vont et viennent le long des rangs.

« Et les lances et les épées
Parmi les plis des étendards
Flambent entre les échappées
De lumières et de brouillards.

« Sur ce, dans ses courroux épiques
La jeune bande s'avança,
Gaie et sereine sous les piques,
Et la bataille commença.

« Ah, ce fut une chaude affaire :
Cris confus, choc d'armes, le tout
Pendant une journée entière
Sous l'ardeur rouge d'un ciel d'août.

« Le soir. — Silence et calme. A peine
Un vague moribond tardif
Crachant sa douleur et sa haine
Dans un hoquet définitif;

« A peine, au lointain gris, le triste
Appel d'un clairon égaré.
Le couchant d'or et d'améthyste
S'éteint et brunit par degré.

« La nuit tombe. Voici la lune !
Elle cache et montre à moitié
Sa face hypocrite comme une
Complice feignant la pitié.

« Nous autres qu'un tel souci laisse
Et laissera toujours très cois,
Nous n'avons pas cette faiblesse
Car la faim nous chasse du bois,

« Et nous avons de quoi repaître
Cet impérial appétit,
Le champ de bataille sans maître
N'étant ni vide ni petit.

« Or, sans plus perdre en phrases vaines
Dont quelque sot serait jaloux
Cette heure de grasses aubaines
Buvons et mangeons, nous, les Loups! »

LA PUCELLE

A Robert Caze

Quand déjà pétillait et flambait le bûcher,
Jeanne qu'assourdissait le chant brutal des prêtres,
Sous tous ces yeux dardés de toutes ces fenêtres
Sentit frémir sa chair et son âme broncher.

Et semblable aux agneaux que revend au boucher
Le pâtour qui s'en va sifflant des airs champêtres,
Elle considéra les choses et les êtres
Et trouva son seigneur bien ingrat et léger.

C'est mal, gentil Bâtard, doux Charles, bon Xaintrailles,
De laisser les Anglais faire ces funérailles
A qui leur fit lever le siège d'Orléans.

Et la Lorraine, au seul penser de cette injure,
Tandis que l'étreignait la mort des mécréants,
Las! pleura comme eût fait une autre créature.

L'ANGELUS DU MATIN

A Léon Vanier

Fauve avec des tons d'écarlate
Une aurore de fin d'été
Tempétueusement éclate
A l'horizon ensanglanté.

La nuit rêveuse, bleue et bonne
Pâlit, scintille et fond en l'air,
Et l'ouest dans l'ombre qui frissonne
Se teinte au bord de rose clair.

La plaine brille au loin et fume.
Un oblique rayon venu
Du soleil surgissant allume
Le fleuve comme un sabre nu.

Le bruit des choses réveillées
Se marie aux brouillards légers
Que les herbes et les feuillées
Ont subitement dégagés.

L'aspect vague du paysage
S'accentue et change à foison.
La silhouette d'un village
Paraît. — Parfois une maison

Illumine sa vitre et lance
Un grand éclair qui va chercher
L'ombre du bois plein de silence.
Ça et là se dresse un clocher.

Cependant, la lumière accrue
Frappe dans les sillons les socs
Et voici que claire, bourrue,
Despotique, la voix des coqs

Proclamant l'heure froide et grise
Du pain mangé sans faim, des yeux
Frottés que flagelle la bise
Et du grincement des moyeux,

Fait sortir des toits la fumée,
Aboyer les chiens en fureur,
Et par la pente accoutumée
Descendre le lourd laboureur,

Tandis qu'un chœur de cloches dures
Dans le grandissement du jour
Monte, aubade franche d'injures
A l'adresse du Dieu d'amour !

LA SOUPE DU SOIR

A J. K. Hüysmans

Il fait nuit dans la chambre étroite et froide où l'homme
Vient de rentrer, couvert de neige, en blouse, et comme
Depuis trois jours il n'a pas prononcé deux mots
La femme a peur et fait des signes aux marmots.

Un seul lit, un bahut disloqué, quatre chaises,
Des rideaux jadis blancs conchiés des punaises,
Une table qui va s'écroulant d'un côté, —
Le tout navrant avec un air de saleté.

L'homme, grand front, grands yeux pleins d'une sombre flamme,
A vraiment des lueurs d'intelligence et d'âme
Et c'est ce qu'on appelle un solide garçon.
La femme, jeune encore, est belle à sa façon.

Mais la Misère a mis sur eux sa main funeste,
Et perdant par degrés rapides ce qui reste
En eux de tristement vénérable et d'humain,
Ce seront la femelle et le mâle, demain.

Tous se sont attablés pour manger de la soupe
Et du bœuf, et ce tas sordide forme un groupe
Dont l'ombre à l'infini s'allonge tout autour
De la chambre, la lampe étant sans abat-jour.

Les enfants sont petits et pâles, mais robustes
En dépit des maigreurs saillantes de leurs bustes
Qui disent les hivers passés sans feu souvent
Et les étés subits dans un air étouffant.

Non loin d'un vieux fusil rouillé qu'un clou supporte
Et que la lampe fait luire d'étrange sorte,
Quelqu'un qui chercherait longtemps dans ce retrait
Avec l'œil d'un agent de police verrait

Empilés dans le fond de la boiteuse armoire,
Quelques livres poudreux de « science » et « d'histoire, »
Et sous le matelas, cachés avec grand soin,
Des romans capiteux cornés à chaque coin.

Ils mangent cependant. L'homme, morne et farouche,
Porte la nourriture écœurante à sa bouche
D'un air qui n'est rien moins nonobstant que soumis,
Et son eustache semble à d'autres soins promis.

La femme pense à quelque ancienne compagne,
Laquelle a tout, voiture et maison de campagne,
Tandis que les enfants, leurs poings dans leurs yeux clos,
Ronflant sur leur assiette imitent des sanglots.

LES VAINCUS

A Louis-Xavier de Ricard

I

La Vie est triomphante et l'Idéal est mort,
Et voilà que, criant sa joie au vent qui passe,
Le cheval enivré du vainqueur broie et mord
Nos frères, qui du moins tombèrent avec grâce,

Et nous que la déroute a fait survivre, hélas!
Les pieds meurtris, les yeux troubles, la tête lourde,
Saignants, veules, fangeux, déshonorés et las,
Nous allons, étouffant mal une plainte sourde,

Nous allons, au hasard du soir et du chemin,
Comme les meurtriers et comme les infâmes,
Veufs, orphelins, sans toit, ni fils, ni lendemain,
Aux lueurs des forêts familières en flammes!

Ah, puisque notre sort est bien complet, qu'enfin
L'espoir est aboli, la défaite certaine,
Et que l'effort le plus énorme serait vain,
Et puisque c'en est fait, même de notre haine,

Nous n'avons plus, à l'heure où tombera la nuit,
Abjurant tout risible espoir de funérailles
Qu'à nous laisser mourir obscurément, sans bruit,
Comme il sied aux vaincus des suprêmes batailles.

II

Une faible lueur palpite à l'horizon
Et le vent glacial qui s'élève redresse
Le feuillage des bois et les fleurs du gazon;
C'est l'aube! tout renait sous sa froide caresse.

De fauve l'Orient devient rose, et l'argent
Des astres va bleuir dans l'azur qui se dore;
Le coq chante, veilleur exact et diligent;
L'alouette a volé stridente : c'est l'aurore!

Éclatant, le soleil surgit : c'est le matin!
Amis, c'est le matin splendide dont la joie
Heurte ainsi notre lourd sommeil, et le festin
Horrible des oiseaux et des bêtes de proie.

O prodige! en nos cœurs le frisson radieux
Met à travers l'éclat subit de nos cuirasses,
Avec un violent désir de mourir mieux,
La colère et l'orgueil anciens des bonnes races.

Allons, debout! allons, allons! debout, debout!
Assez comme cela de hontes et de trêves!
Au combat, au combat! car notre sang qui bout
A besoin de fumer sur la pointe des glaives!

III

Les vaincus se sont dit dans la nuit de leurs geôles :
Ils nous ont enchaînés, mais nous vivons encor.
Tandis que les carcans font ployer nos épaules,
Dans nos veines le sang circule, bon trésor.

Dans nos têtes nos yeux rapides avec ordre
Veillent, fins espions, et derrière nos fronts
Notre cervelle pense, et s'il faut tordre ou mordre,
Nos mâchoires seront dures et nos bras prompts.

Légers, ils n'ont pas vu d'abord la faute immense
Qu'ils faisaient, et ces fous qui s'en repentiront
Nous ont jeté le lâche affront de la clémence.
Bon! la clémence nous vengera de l'affront.

Ils nous ont enchaînés! Mais les chaînes sont faites
Pour tomber sous la lime obscure et pour frapper
Les gardes qu'on désarme, et les vainqueurs en fêtes
Laissent aux évadés le temps de s'échapper.

Et de nouveau bataille! Et victoire peut-être,
Mais bataille terrible et triomphe inclément,
Et comme cette fois le Droit sera le maître
Cette fois-là sera la dernière, vraiment!

IV

Car les morts, en dépit des vieux rêves mystiques,
Sont bien morts, quand le fer a bien fait son devoir
Et les temps ne sont plus des fantômes épiques
Chevauchant des chevaux spectres sous le ciel noir.

La jument de Roland et Roland sont des mythes
Dont le sens nous échappe et réclame un effort
Qui perdrait notre temps, et si vous vous promîtes
D'être épargnés par nous vous vous trompâtes fort.

Vous mourrez de nos mains, sachez-le, si la chance
Est pour nous. Vous mourrez, suppliants, de nos mains.
La justice le veut d'abord, puis la vengeance,
Puis le besoin pressant d'opportuns lendemains.

Et la terre, depuis longtemps aride et maigre,
Pendant longtemps boira joyeuse votre sang
Dont la lourde vapeur savoureusement aigre
Montera vers la nue et rougira son flanc,

Et les chiens et les loups et les oiseaux de proie
Feront vos membres nets et fouilleront vos troncs,
Et nous rirons, sans rien qui trouble notre joie
Car les morts sont bien morts et nous vous l'apprendrons.

A LA MANIÈRE DE PLUSIEURS

I

LA PRINCESSE BÉRÉNICE

A Jacques Madeleine

Sa tête fine dans sa main toute petite,
Elle écoute le chant des cascades lointaines,
Et dans la plainte langoureuse des fontaines,
Perçoit comme un écho béni du nom de Tite.

Elle a fermé ses yeux divins de clématite
Pour bien leur peindre, au cœur des batailles hautaines.
Son doux héros, le mieux aimant des capitaines,
Et, Juive, elle se sent au pouvoir d'Aphrodite.

Alors un grand souci la prend d'être amoureuse,
Car dans Rome une loi bannit, barbare, affreuse,
Du trône impérial toute femme étrangère.

Et sous le noir chagrin dont sanglote son âme,
Entre les bras de sa servante la plus chère,
La reine, hélas! défaille et tendrement se pâme.

II

LANGUEUR

A Georges Courteline

Je suis l'Empire à la fin de la décadence,
Qui regarde passer les grands Barbares blancs
En composant des acrostiches indolents
D'un style d'or où la langueur du soleil danse.

L'âme seulette a mal au cœur d'un ennui dense.
Là-bas on dit qu'il est de longs combats sanglants.
O n'y pouvoir, étant si faible aux vœux si lents,
O n'y vouloir fleurir un peu cette existence!

O n'y vouloir, ô n'y pouvoir mourir un peu!
Ah! tout est bu! Bathylle, as-tu fini de rire?
Ah! tout est bu, tout est mangé! Plus rien à dire!

Seul, un poème un peu niais qu'on jette au feu,
Seul, un esclave un peu coureur qui vous néglige,
Seul, un ennui d'on ne sait quoi qui vous afflige!

III

PANTOUM NÉGLIGÉ

Trois petits pâtés, ma chemise brûle.
Monsieur le curé n'aime pas les os.
Ma cousine est blonde, elle a nom Ursule,
Que n'émigrons-nous vers les Palaiseaux.

Ma cousine est blonde, elle a nom Ursule.
On dirait d'un cher glaïeul sur les eaux
Vivent le muguet et la campanule!
Dodo, l'enfant do, chantez, doux fuseaux.

Que n'émigrons-nous vers les Palaiseaux.
Trois petits pâtés, un point et virgule;
On dirait d'un cher glaïeul sur les eaux
Vivent le muguet et la campanule.

Trois petits pâtés, un point et virgule
Dodo, l'enfant do, chantez, doux fuseaux.
La libellule erre emmi les roseaux.
Monsieur le Curé, ma chemise brûle.

IV

PAYSAGE

Vers Saint-Denis c'est bête et sale la campagne.
C'est pourtant là qu'un jour j'emmenai ma compagne.
Nous étions de mauvaise humeur et querellions.
Un plat soleil d'été tartinait ses rayons
Sur la plaine séchée ainsi qu'une rôtie.
C'était pas trop après le Siège : une partie
Des « maisons de campagne » était à terre encor
D'autres se relevaient comme on hisse un décor,
Et des obus tout neufs encastrés aux pilastres
Portaient écrit autour : SOUVENIR DES DÉSASTRES.

V

CONSEIL FALOT

A Raoul Ponchon

Brûle aux yeux des femmes
Et garde ton cœur,
Mais crains la langueur
Des épithalames.

Bois pour oublier !
L'eau-de-vie est une
Qui porte la lune
Dans son tablier.

L'injure des hommes
Qu'est-ce que ça fait ?
Va, notre cœur sait
Seul ce que nous sommes.

Ce que nous valons
Notre sang le chante!
L'épine méchante
Te mord aux talons?

Le vent taquin ose
Te giffler souvent?
Chante dans le vent
Et cueille la rose!

Va, tout est au mieux
Dans ce monde pire!
Surtout laisse dire,
Surtout sois joyeux

D'être une victime
A ces pauvres gens:
Les dieux indulgents
Ont aimé ton crime!

Tu refleuriras
Dans un élysée.
Ame méprisée
Tu rayonneras!

Tu n'es pas de celles
Qu'un coup de destin
Dissipe soudain
En mille étincelles.

Métal dur et clair,
Chaque coup t'affine
En arme divine
Pour un dessein fier.

Arrière la forge !
Et tu vas frémir
Vibrer et jouir
Au poing de saint George

Et de saint Michel,
Dans des gloires calmes
Au vent pur des palmes
Sous l'aile du ciel !...

C'est d'être un sourire
Au milieu des pleurs,
C'est d'être des fleurs
Au champ du martyre,

C'est d'être le feu
Qui dort dans la pierre,
C'est d'être en prière,
C'est d'attendre un peu !

VI

LE POÈTE ET LA MUSE

La Chambre, as-tu gardé leurs spectres ridicules
O pleine de jour sale et de bruits d'araignées,
La Chambre, as-tu gardé leurs formes désignées
Par ces crasses au mur et par quelles virgules!

Ah fi! Pourtant, chambre en garni qui te recules
En ce sec jeu d'optique aux mines renfrognées
Du souvenir de trop de choses destinées,
Comme ils ont donc regret aux nuits, aux nuits d'Hercules

Qu'on l'entende comme on voudra, ce n'est pas ça.
Vous ne comprenez rien aux choses, bonnes gens
Je vous dis que ce n'est pas ce que l'on pensa.

Seule, o chambre qui fuis en cônes affligeants
Seule, tu sais! mais sans doute combien de nuits
De noce auront dévirginé leurs nuits depuis!

VII

L'AUBE A L'ENVERS

A Louis Dumoulin

Le Point-du-Jour avec Paris au large.
Des chants, des tirs, les femmes qu'on « rêvait »,
La Seine claire et la foule qui fait
Sur ce poème un vague essai de charge.

On danse aussi, car tout est dans la marge
Que fait le fleuve à ce livre parfait,
Et si parfois l'on tuait ou buvait
Le fleuve est sourd et le vin est litharge.

Le Point-du-Jour, mais c'est l'Ouest de Paris !
Un calembour a béni son histoire
D'affreux baisers et d'immondes paris.

En attendant que sonne l'heure noire
Où les bateaux-omnibus et les trains
Ne partent plus, tirez, tirs, fringuez, reins!

VIII

UN POUACRE

A Jean Moréas

Avec les yeux d'une tête de mort
Que la lune encore décharne
Tout mon passé, disons tout mon remord
Ricane à travers ma lucarne.

Avec la voix d'un vieillard très cassé,
Comme l'on n'en voit qu'au théâtre,
Tout mon remords, disons tout mon passé
Fredonne un tralala folâtre.

Avec les doigts d'un pendu déjà vert
Le drôle agace une guitare
Et danse sur l'avenir grand ouvert
D'un air d'élasticité rare.

« Vieux turlupin, je n'aime pas cela
Tais ces chants et cesse ces danses. »
Il me répond avec la voix qu'il a :
« C'est moins farce que tu ne penses.

Et quand au soin frivole, ô doux morveux,
De te plaire ou de te déplaire
Je m'en soucie au point que, si tu veux,
Tu peux t'aller faire lanlaire.

VIII

MADRIGAL

Tu m'as, ces pâles jours d'automne blanc, fait mal
A cause de tes yeux où fleurit l'animal,
Et tu me rongerais, en princesse Souris,
Du bout fin de la quenotte de ton souris,
Fille auguste qui fis flamboyer ma douleur
Avec l'huile rancie encor de ton vieux pleur!
Oui, folle, je mourrais de ton regard damné.
Mais va (veux-tu?) l'étang là dort insoupçonné
Dont du lys, nef qu'il eût fallu qu'on acclamât,
L'eau morte a bu le vent qui coule du grand mat.
T'y jeter, palme! et d'avance mon repentir
Parle si bas qu'il faut être sourd pour l'ouïr.

NAGUÈRE

PROLOGUE

Ce sont choses crépusculaires,
Des visions de fin de nuit.
O Vérité, tu les éclaires
Seulement d'une aube qui luit

Si pâle dans l'ombre abhorrée
Qu'on doute encore par instants
Si c'est la lune qui les crée
Sous l'horreur des rameaux flottants.

Où si ces fantômes moroses
Vont tout à l'heure prendre corps
Et se mêler au chœur des choses
Dans les harmonieux décors

Du soleil et de la nature;
Doux à l'homme et proclamant Dieu
Pour l'extase de l'hymne pure
Jusqu'à la douceur du ciel bleu.

CRIMEN AMORIS

A Villiers de l'Isle Adam

Dans un palais, soie et or, dans Ecbatane,
De beaux démons, des Satans adolescents,
Au son d'une musique mahométane
Font litière aux Sept Péchés de leurs cinq sens.

C'est la fête aux Sept Péchés : ô quelle est belle !
Tous les Désirs rayonnaient en feux brutaux
Les Appétits, pages prompts que l'on harcelle,
Promenaient des vins roses dans des plateaux

Des danses sur des rhythmes d'épithalames
Bien doucement se pâmaient en longs sanglots
Et de beaux chœurs de voix d'hommes et de femmes
Se déroulaient, palpitaient comme des flots,

Et la bonté qui s'en allait de ces choses
Était puissante et charmante tellement
Que la campagne autour se fleurit de roses
Et que la nuit paraissait en diamants.

Or le plus beau d'entre tous ces mauvais anges
Avait seize ans sous sa couronne de fleurs.
Les bras croisés sur les colliers et les franges,
Il rêve, l'œil plein de flammes et de pleurs.

En vain la fête autour se faisait plus folle,
En vain les Satans, ses frères et ses sœurs,
Pour l'arracher au souci qui le désole
L'encourageaient d'appels de bras caresseurs,

Il résistait à toutes câlineries
Et le chagrin mettait un papillon noir
A son beau front tout chargé d'orfèvreries.
O l'immortel et terrible désespoir!

Il leur disait : o vous, laissez-moi tranquille!
Puis les ayant tous baisés bien tendrement
Il s'évada d'avec eux d'un geste agile,
Leur laissant aux mains des pans de vêtements.

Le voyez-vous sur la tour la plus céleste
Du haut palais avec une torche au poing
Il la brandit comme un héros fait d'un ceste.
D'en bas on croit que c'est une aube qui point.

Qu'est-ce qu'il dit de sa voix profonde et tendre
Qui se marie au claquement clair du feu
Et que la lune est extatique d'entendre :
« O je serai celui-là qui sera Dieu !

« Nous avons tous trop souffert, anges et hommes,
« De ce conflit entre le Pire et le Mieux.
« Humilions, misérables que nous sommes
« Tous nos élans dans le plus simple des vœux.

« Assez et trop de ces luttes trop égales !
« Il va falloir qu'enfin se rejoignent les
« Sept Péchés aux Trois Vertus Théologales,
« Assez et trop de ces combats durs et laids !

« Et pour réponse à Jésus qui crut bien faire
« En maintenant l'équilibre de ce duel,
« Par moi l'Enfer dont c'est ici le repaire
« Se sacrifie à l'Amour universel !

La torche tombe de sa main éployée,
Et l'incendie alors hurla s'élevant,
Querelle énorme d'aigles rouges noyée
Au remous noir de la fumée et du vent.

L'or fond et coule à flots et le marbre éclate
C'est un brasier tout splendeur et tout ardeur,
La soie en courts frissons comme de la ouate
Vole à flocons tout ardeur et tout splendeur.

Et les Satans mourants chantaient dans les flammes
Ayant compris, comme ils s'étaient résignés !
Et de beaux chœurs de voix d'hommes et de femmes
Montaient parmi l'ouragan des bruits ignés.

Et lui, les bras croisés d'une sorte fière
Les yeux au ciel où le feu monte en léchant
Il dit tout bas une espèce de prière
Qui va mourir dans l'allégresse du chant.

Il dit tout bas une sorte de prière
Les yeux au ciel où le feu monte en léchant...
Quand retentit un affreux coup de tonnerre
Et c'est la fin de l'allégresse et du chant.

On n'avait pas agréé le sacrifice,
Quelqu'un de fort et de juste assurément
Sans peine avait su démêler la malice
Et l'artifice en un orgueil qui se meut.

Et du palais aux cent tours aucun vestige
Rien ne resta dans ce désastre inouï,
Afin que par le plus effrayant prodige
Ceci ne fut qu'un vain songe évanoui...

Et c'est la nuit, la nuit bleue aux mille étoiles
Une campagne évangélique s'étend
Sévère et douce, et vagues comme des voiles,
Les branches d'arbre ont l'air d'aller s'agitant,

De froids ruisseaux coulent sur un lit de pierre,
Les doux hiboux nagent vaguement dans l'air
Tout embaumé de mystère et de prière;
Parfois un flot qui saute lance un éclair;

La forme molle au loin monte des collines
Comme un amour encore mal défini
Et le brouillard qui s'essore des racines
Semble un effort vers quelque but réuni.

Et tout cela, comme un cœur et comme une âme,
Et comme un verbe, et d'un amour virginal
Adore, s'ouvre en une extase et réclame
Le Dieu clément qui nous gardera du mal.

LA GRACE

A Armand Silvestre

Un cachot. Une femme à genoux, en prière.
Une tête de mort est gisante par terre,
Et parle, d'un ton aigre et douloureux aussi.
D'une lampe au plafond tombe un rayon transi.

« Dame Reine. — Encor toi, Satan ! — Madame Reine.
— « O Seigneur, faites mon oreille assez sereine
« Pour ouir sans l'écouter ce que dit le Malin ! »
— « Ah ! ce fut un vaillant et galant châtelain
« Que votre époux ! Toujours en guerre ou bien en fête,
« (Hélas ! j'en puis parler puisque je suis sa tête)
« Il vous aima, mais moins encore qu'il n'eût dû.
« Que de vertu gâtée et que de temps perdu
« En vains tournois, en cours d'amour loin de sa dame

« Qui belle et jeune prit un amant, la pauvre âme ! » —
— « O Seigneur, écartez ce calice de moi ! » —
— « Comme ils s'aimèrent ! Ils s'étaient juré leur foi.
« De s'épouser sitôt qne serait mort le maître
« Et le tuèrent dans son sommeil d'un coup traître. »
« Seigneur, vous le savez, dès le crime accompli
« J'eus horreur, et prenant ce jeune homme en oubli,
« Vins au roi, dévoilant l'attentat effroyable,
« Et, pour mieux déjouer la malice du diable,
« J'obtins qu'on m'apportât en ma juste prison
« La tête de l'époux occis en trahison :
« Par ainsi le remords, devant ce triste reste,
« Me met toujours aux yeux mon action funeste,
« Et la ferveur de mon repentir s'en accroît ;
« O Jésus ! mais voici : le Malin qui se voit
« Dupe et qui voudrait bien ressaisir sa conquête
« S'en vient-il pas loger dans cette pauvre tête
« Et me tenir de faux propos insidieux ?
« O Seigneur, tendez-moi vos secours précieux !
— « Ce n'est pas le démon, ma Reine, c'est moi-même,
« Votre époux, qui vous parle en ce moment suprême,
« Votre époux qui, damné (car j'étais en mourant
« En état de péché mortel) vers vous se rend,
« O Reine, et qui, pauvre âme errante, prend la tête,
« Qui fut la sienne aux jours vivants pour interprète
« Effroyable de son amour épouvanté. »

— « O blasphème hideux, mensonge détesté!
« Monsieur Jésus, mon maître adorable, exorcise
« Ce chef horrible et le vide de la hantise
« Diabolique qui n'en fait qu'un instrument
« Où souffle Belzébuth fallacieusement
« Comme dans une flûte on joue un air perfide! »
— « O douleur, une erreur lamentable te guide,
« Reine, je ne suis pas Satan, je suis Henry! » —
— « Oyez, Seigneur, il prend la voix de mon mari!
« A mon secours, les Saints, à l'aide, Notre Dame! » —
— « Je suis Henry; du moins, Reine, je suis son âme
« Qui, par la volonté, plus forte que l'Enfer,
« Ayant su transgresser toute porte de fer
« Et de flamme, et bravé leur impure cohorte,
« Hélas! vient pour te dire avec cette voix morte
« Qu'il est d'autres amours encor que ceux d'ici,
« Tout immatériels et sans autre souci
« Qu'eux-mêmes, des amours d'âmes et de pensées.
« Ah, que leur fait le Ciel ou l'Enfer. Enlacées,
« Les âmes, elles n'ont qu'elles-mêmes pour but!
« L'Enfer pour elles c'est que leur amour mourût,
« Et leur amour de son essence est immortelle!
« Hélas, moi je ne puis te suivre aux cieux, cruelle,
« Et *seule* peine en ma damnation. Mais toi,
« Damne-toi! Nous serons heureux à deux, la loi
« Des âmes, je te dis, c'est l'alme indifférence

« Pour la félicité comme pour la souffrance
« Si l'amour partagé leur fait d'intimes cieux.
« Viens afin que l'Enfer jaloux, voie, envieux,
« Deux damnés ajouter, comme on double un délice,
« Tous les feux de l'amour à tous ceux du supplice,
« Et se sourire en un baiser perpétuel ! »
— « Ame de mon époux, tu sais qu'il est réel
« Le repentir qui fait qu'en ce moment j'espère
« En la miséricorde ineffable du Père
« Et du Fils et du Saint-Esprit ! Depuis un mois
« Que j'expie, attendant la mort que je te dois.
« En ce cachot trop doux encor, nue et par terre,
« Le crime monstrueux et l'infâme adultère
« N'ai-je pas, repassant ma vie en sanglotant,
« O mon Henry, pleuré des siècles cet instant
« Où j'ai pu méconnaître en toi celui qu'on aime ?
« Va, j'ai revu, superbe et doux, toujours le même,
« Ton regard qui parlait délicieusement
« Et j'entends, et c'est là mon plus dur châtiment,
« Ta noble voix, et je me souviens des caresses !
« Or si tu m'as absoute et si tu t'intéresses
« A mon salut, du haut des cieux, ô cher souci,
« Manifeste toi, parle, et déments celui-ci
« Qui blasphème et vomit d'affreuses hérésies ! » —
— « Je te dis que je suis damné ! Tu t'extasies
« En terreurs vaines, ô ma Reine. Je te dis

« Qu'il te faut rebrousser chemin du Paradis
« Vain séjour du bonheur banal et solitaire
« Pour l'amour avec moi ! Les amours de la terre
« Ont, tu le sais, de ces instants chastes et lents.
« L'âme veille, les sens se taisent somnolents,
« Le cœur qui se repose et le sang qui s'affaisse
« Font dans tout l'être comme une douce faiblesse,
« Plus de désirs fiévreux, plus d'élans énervants,
« On est des fréres et des sœurs et des enfants,
« On pleure d'une intime et profonde allégresse,
« On est les cieux, on est la terre, enfin on cesse
« De vivre et de sentir pour s'aimer *au delà*,
« Et c'est l'éternité que je t'offre, prends la !
« Au milieu des tourments nous serons dans la joie
« Et le Diable aura beau meurtrir sa double proie,
« Nous rirons, et plaindrons ce Satan sans amour.
« Non, les Anges n'auront dans leur morne séjour
« Rien de pareil à ces délices inouïes ! » —

La comtesse est debout, paumes épanouies.
Elle fait le grand cri des amours surhumains,
Puis se penche, et saisit avec ses pâles mains
La tête qui, merveille ! à l'aspect de sourire.
Un fantôme de vie et de chair semble luire
Sur le hideux objet qui rayonne à présent
Dans un nimbe languissamment phosphorescent

Un halo clair, semblable à des cheveux d'aurore
Tremble au sommet et semble au vent flotter encore
Parmi le chant des cors à travers la forêt.
Les noirs orbites ont des éclairs, on dirait
De grands regards de flamme et noirs. Le trou farouche
Au rire affreux, qui fut, Comte Henry, ta bouche
Se transfigure rouge aux deux arcs palpitants
De lèvres qu'auréole un duvet de vingt ans,
Et qui pour un baiser se tendent savoureuses...
Et la Comtesse à la façon des amoureuses
Tient la tête terrible amplement, une main
Derrière et l'autre sur le front, pâle, en chemin
D'aller vers le baiser spectral, l'âme tendue,
Hoquetant, dilatant sa prunelle perdue
Au fond de ce regard vague qu'elle a devant...
Soudain elle recule, et d'un geste rêvant
(O femmes, vous avez ces allures de faire!)
Elle laisse tomber la tête qui profère
Une plainte, et roulant sonne creux et longtemps :
— « Mon Dieu, mon Dieu, pitié! Mes péchés pénitents
« Lèvent leurs pauvres bras vers ta bénévolence,
« O ne les souffre pas criant en vain! O lance
« L'éclair de ton pardon qui tuera ce corps vil!
« Vois que mon âme est faible en ce dolent exil
« Et ne la laisse pas au Mauvais qui la guette!
« O que je meure! »

Avec le bruit d'un corps qu'on jette,
La Comtesse à l'instant tombe morte, et voici :
Son âme en blanc linceul, par l'espace éclairci
D'une douce clarté d'or blond qui flue et vibre
Monte au plafond ouvert désormais à l'air libre
Et d'une ascension lente va vers les cieux

. . . .

La tête est là, dardant en l'air ses sombres yeux
Et sautèle dans des attitudes étranges :
Telle dans les Assomptions des têtes d'anges,
Et la bouche vomit un gémissement long,
Et des orbites vont coulant des pleurs de plomb.

L'IMPÉNITENCE FINALE

A Catulle Mendès

La petite marquise Osine est toute belle,
Elle pourrait aller grossir la ribambelle
Des folles de Watteau sous leur chapeau de fleurs
Et de soleil, mais comme on dit, elle aime ailleurs
Parisienne en tout, spirituelle et bonne
Et mauvaise à ne rien redouter de personne
Avec cet air mi-faux qui fait que l'on vous croit,
C'est un ange fait pour le monde qu'elle voit,
Un ange blond, et même on dit qu'il a des ailes.

Vingt soupirants, brûlés du feu des meilleurs zèles
Avaient en vain quêté leur main à ses seize ans,
Quand le pauvre marquis, quittant ses paysans

Comme il avait quitté son escadron, vint faire
Escale au Jockey; vous connaissez son affaire
Avec la grosse Emma de qui — l'eussions nous cru?
Le bon garçon était absolument féru,
Son désespoir après le départ de la grue,
Le duel avec Gontran, c'est vieux comme la rue;
Bref il vit la petite un jour dans un salon,
S'en éprit tout d'un coup comme un fou; même l'on
Dit qu'il en oublia si bien son infidèle
Qu'on le voyait le jour d'ensuite avec Adèle.
Temps et mœurs! La petite (on sait tout aux Oiseaux)
Connaissait le roman du cher, et jusques aux
Moindres chapitres : elle en conçut de l'estime.
Aussi quand le marquis offrit sa légitime
Et sa main contre sa menotte, elle dit : oui,
Avec un franc parler d'allégresse inoui.
Les parents, voyant sans horreur ce mariage
(Le marquis était riche et pouvait passer sage)
Signèrent au contrat avec laisser-aller.
Elle qui voyait là quelqu'un à consoler
Ouït la messe dans une ferveur profonde.

Elle le consola deux ans. Deux ans du monde!

Mais tout passe!

Si bien qu'un jour qu'elle attendait
Un autre et que cet autre atrocement tardait,
De dépit la voilà soudain qui s'agenouille
Devant l'image d'une Vierge à la quenouille
Qui se trouvait là, dans cette chambre en garni,
Demandant à Marie, en un trouble infini,
Pardon de son péché si grand, — si cher encore
Bien qu'elle croie au fond du cœur qu'elle l'abhorre.

Comme elle relevait son front d'entre ses mains
Elle vit Jésus-Christ avec les traits humains
Et les habits qu'il a dans les tableaux d'église.
Sévère, il regardait tristement la marquise.
La vision flottait blanche dans un jour bleu
Dont les ondes voilant l'apparence du lieu,
Semblait envelopper d'une atmosphère élue
Osine qui tremblait d'extase irrésolue
Et qui balbutiait des exclamations.
Des accords assoupis de harpes de Sions
Célestes descendaient et montaient par la chambre
Et des parfums d'encens, de cinnamome et d'ambre
Fluaient, et le parquet retentissaient des pas
Mystérieux de pieds que l'on ne voyait pas,
Tandis qu'autour c'était, en cadences soyeuses,
Un grand frémissement d'ailes mystérieuses

La marquise restait à genoux, attendant,
Toute admiration peureuse, cependant.

Et le Sauveur parla.

« Ma fille le temps passe,
Et ce n'est pas toujours le moment de la grâce.
Profitez de cette heure, ou c'en est fait de vous. »

La vision cessa.

Oui certes, il est doux
Le roman d'un premier amant. L'âme s'essaie,
C'est un jeune coureur à la première haie.
C'est si mignard qu'on croit à peine que c'est mal,
Quelque chose d'étonnamment matutinal.
On sort du mariage habitueux. C'est comme
Qui dirait la lueur aurorale de l'homme
Et les baisers parmi cette fraiche clarté
Sonnent comme des cris d'alouette en été.
O le premier amant! Souvenez-vous, mesdames!
Vagissant et timide élancement des âmes
Vers le fruit défendu qu'un soupir révéla...
Mais le second amant d'une femme, voilà!

On a tout su. La faute est bien délibérée
Et c'est bien un nouvel état que l'on se crée,
Un autre mariage à soi-même avoué.
Plus de retour possible au foyer bafoué.
Le mari, débonnaire ou non, fait bonne garde
Et dissimule mal. Déjà rit et bavarde
Le monde hostile et qui sévirait au besoin.
Ah, que l'aise de l'autre intrigue se fait loin !
Mais aussi cette fois comme on vit, comme on aime,
Tout le cœur est éclos en une fleur suprême
Ah, c'est bon ! Et l'on jette à ce feu tout remords,
On ne vit que pour *lui*, tous autres soins sont morts,
On est à lui, on n'est qu'à lui, c'est pour la vie,
Ce sera pour après la vie, et l'on défie
Les lois humaines et divines, car on est
Folle de corps et d'âme, et l'on ne reconnait
Plus rien, et l'on ne sait plus rien, sinon qu'on l'aime !

Or cet amant était justement le deuxième
De la marquise, ce qui fait qu'un jour après,
— O sans malice et presque avec quelques regrets —
Elle le revoyait pour le revoir encore.
Quant au miracle, comme une odeur s'évapore,
Elle n'y pensa plus bientôt que vaguement.

Un matin, elle était dans son jardin charmant,

Un matin de printemps, un jardin de plaisance.
Les fleurs vraiment semblaient saluer sa présence,
Et frémissaient au vent léger, et s'inclinaient
Et les feuillages, verts tendrement, lui donnaient
L'aubade d'un timide et délicat ramage
Et les petits oiseaux volant à son passage,
Pépiaient à plaisir dans l'air tout embaumé
Des feuilles, des bourgeons et des gommes de mai.
Elle pensait à *lui*, sa vue errait, distraite,
A travers l'ombre jeune et la pompe discrète
D'un grand rosier bercé d'un mouvement câlin,
Quand elle vit Jésus en vêtements de lin
Qui marchait, écartant les branches de l'arbuste
Et la couvait d'un long regard triste. Et le Juste
Pleurait. Et tout en un instant s'évanouit.
Elle se recueillait.

Soudain un petit bruit
Se fit. On lui portait en secret une lettre,
Une lettre de *lui*, qui lui marquait peut être
Un rendez-vous.

Elle ne put la déchirer.

. . . .

Marquis, pauvre marquis, qu'avez-vous à pleurer

Au chevet de ce lit de blanche mousseline?
Elle est malade, bien malade.
« Sœur Aline,
A-t-elle un peu dormi? »
— Mal, monsieur le marquis. »
Et le marquis pleurait.
« Elle est ainsi depuis
« Deux heures, somnolente et calme. Mais que dire
« De la nuit? Ah, monsieur le marquis, quel délire!
« Elle vous appelait, vous demandait pardon
« Sans cesse, encor, toujours, et tirait le cordon
« De sa sonnette »
Et le marquis frappait sa tête
De ses deux poings et, fou dans sa douleur muette
Marchait à grands pas sourds sur les tapis épais
(Dès qu'elle fut malade, elle n'eut pas de paix
Qu'elle n'eût avoué ses fautes au pauvre homme
Qui pardonna.) La sœur reprit pâle. « Elle eut comme
« Un rêve, un rêve affreux. Elle voyait Jésus,
« Terrible snr la nue et qui marchait dessus,
« Un glaive dans la main droite, et de la main gauche
« Qui ramait lentement comme une faux qui fauche,
« Écartant sa prière, et passait furieux. »

. . . .

Un prêtre, saluant les assistants des yeux,
Entre.

Elle dort.
O ses paupières violettes!
O ses petites mains qui tremblent maigrelettes!
O tout son corps perdu dans les draps étouffants!
Regardez, elle meurt de la mort des enfants.

Et le prêtre anxieux, se penche à son oreille.
Elle s'agite un peu, la voilà qui s'éveille,
Elle voudrait parler, la voilà qui s'endort
Plus pâle.
Et le marquis : « Est-ce déjà la mort? »
Et le docteur lui prend les deux mains, et sort vite.

On l'enterrait hier matin. Pauvre petite!

DON JUAN PIPÉ

A François Coppée

Don Juan qui fut grand Seigneur en ce monde
Est aux enfers ainsi qu'un pauvre immonde
Pauvre, sans la barbe faite, et pouilleux,
Et si n'étaient la lueur de ses yeux
Et la beauté de sa maigre figure,
En le voyant ainsi quiconque jure
Qu'il est un gueux et non ce héros fier
Aux dames comme aux poètes si cher
Et dont l'auteur de ces humbles chroniques
Vous va parler sur des faits authentiques.

Il a son front dans ses mains et paraît
Penser beaucoup à quelque grand secret.

Il marche à pas douloureux sur la neige,
Car c'est son châtiment que rien n'allège
D'habiter seul et vêtu de léger
Loin de tous lieux où fleurit l'oranger
Et de mener ses tristes promenades
Sous un ciel veuf de toutes sérénades
Et qu'une lune morte éclaire assez
Pour expier tous ses soleils passés.
Il songe. Dieu peut gagner, car le Diable
S'est vu réduire à l'état pitoyable
De tourmenteur et de geôlier gagé
Pour être las trop tôt, et trop âgé.
Du Révolté de jadis il ne reste
Plus qu'un bourreau qu'on paie et qu'on moleste
Si bien qu'enfin la cause de l'Enfer
S'en va tombant, comme un fleuve à la mer,
Au sein de l'alliance primitive.
Il ne faut pas que cette honte arrive.

Mais lui, don Juan, n'est pas mort, et se sent
Le cœur vif comme un cœur d'adolescent
Et dans sa tête une jeune pensée
Couve et nourrit une force amassée;
S'il est damné c'est qu'il le voulut bien,
Il avait tout pour être un bon chrétien,

La foi, l'ardeur au ciel, et le baptême,
Et ce désir de volupté lui-même,
Mais s'étant découvert meilleur que Dieu,
Il résolut de se mettre en son lieu.
A cet effet, pour asservir les âmes
Il rendit siens d'abord les cœurs des femmes.
Toutes pour lui laissèrent-là Jésus,
Et son orgueil jaloux monta dessus
Comme un vainqueur foule un champ de bataille.
Seule la mort pouvait être à sa taille
Il l'insulta, la défit. C'est alors
Qu'il vint à Dieu sans peur et sans remords
Il vint à Dieu, lui parla face à face
Sans qu'un instant hésitât son audace.

Le défiant, Lui, son Fils et ses saints!
L'affreux combat! Très calme et les reins ceints
D'impiété cynique et de blasphème,
Ayant volé son verbe à Jésus même,
Il voyagea, funeste pèlerin,
Prêchant en chaire et chantant au lutrin,
Et le torrent amer de sa doctrine,
Parallèle à la parole divine,
Troublait la paix des simples et noyait
Toute croyance et, grossi, s'enfuyait.

Il enseignait : « Juste, prends patience.
« Ton heure est proche. Et mets ta confiance
« En ton bon cœur. Sois vigilant pourtant,
« Et ton salut en sera sûr d'autant.
« Femmes, aimez vos maris et les vôtres
« Sans cependant abandonner les autres...
« L'amour est un dans tous et tous dans un,
« Afin qu'alors que tombe le soir brun
« L'ange des nuits n'abrite sous ses ailes
« Que cœurs mi-clos dans la paix fraternelle. »

Au mendiant errant dans la forêt
Il ne donnait un sol que s'il jurait.
Il ajoutait : « De ce que l'on invoque
« Le nom de Dieu, celui-ci ne s'en choque,
« Bien au contraire, et tout est pour le mieux.
« Tiens, prends, et bois à ma santé, bon vieux. »
Puis il disait : « Celui-là prévarique
« Qui de sa chair faisant une bourrique
« La subordonne au soin de son salut
« Et lui désigne un trop servile but.

« La chair est sainte! Il faut qu'on la vénère.
« C'est notre fille, enfants, et notre mère,
« Et c'est la fleur du jardin d'ici-bas!

« Malheur à ceux qui ne l'adorent pas !
« Car, non contents de renier leur être,
« Ils s'en vont reniant le divin maître,
« Jésus fait chair qui mourut sur la croix,
« Jésus fait chair qui de sa douce voix
« Ouvrait le cœur de la Samaritaine,
« Jésus fait chair qu'aima la Madeleine ! »

A ce blasphème effroyable, voilà
Que le ciel de ténèbres se voila.
Et que la mer entrechoqua les îles.
On vit errer des formes dans les villes,
Les mains des morts sortirent des cercueils,
Ce ne fut plus que terreurs et que deuils,
Et Dieu voulant venger l'injure affreuse
Prit sa foudre en sa droite furieuse
Et maudissant don Juan, lui jeta bas
Son corps mortel, mais son âme, non pas !

Non pas son âme, on l'allait voir ! Et pâle
De male joie et d'audace infernale,
Le grand damné, royal sous ses haillons,
Promène autour son œil plein de rayons,
Et crie : « A moi l'Enfer ! o vous qui fûtes
« Par moi guidés en vos sublimes chutes,

« Disciples de don Juan, reconnaissez
« Ici la voix qui vous a redressés.
« Satan est mort, Dieu mourra dans la fête.
« Aux armes pour la suprême conquête !

« Apprêtez-vous, vieillards et nouveau-nés,
« C'est le grand jour pour le tour des damnés. »
Il dit. L'écho frémit et va répandre
L'appel altier, et don Juan croit entendre
Un grand frémissement de tous côtés.
Ses ordres sont à coups sûr écoutés :
Le bruit s'accroît des clameurs de victoire,
Disant son nom et racontant sa gloire.
« A nous deux, Dieu stupide, maintenant ! »
Et don Juan a foulé d'un pied tonnant

Le sol qut tremble et la neige glacée
Qui semble fondre au feu de sa pensée...
Mais le voilà qui devient glace aussi
Et dans son cœur horriblement transi
Le sang s'arrête, et son geste se fige.
Il est statue, il est glace. O prodige
Vengeur du Commandeur assassiné !
Tout bruit s'éteint et l'Enfer réfréné
Rentre à jamais dans ses mornes cellules.
« O les rodomondades ridicules, »

Dit du dehors *Quelqu'un* qui ricanait,
« Contes prévus ! farces que l'on connait !
« Morgue espagnole et fougue italienne !
« Don Juan, faut-il, afin qu'il t'en souvienne,
« Que ce vieux Diable, encor que radoteur,
« Ainsi te prenne en délit de candeur?
« Il est écrit de ne tenter... personne.
« L'Enfer ni ne se prend ni ne se donne.
« Mais avant tout, ami, retiens ce point.
« On est le Diable, on ne le devient point. »

AMOUREUSE DU DIABLE

A Stéphane Mallarmé

Il parle italien avec un accent russe.
Il dit : « Chère, il serait précieux que je fusse
« Riche, et seul, tout demain et tout après-demain.
« Mais riche à paver d'or monnayé le chemin
« De l'Enfer, et si seul qu'il vous va falloir prendre
« Sur vous de m'oublier jusqu'à ne plus entendre
« Parler de moi sans vous dire de bonne foi :
« Qu'est-ce que ce monsieur Félice? Il vend de quoi? »

Cela s'adresse à la plus blanche des comtesses.

Hélas! toute grandeurs, toute délicatesses,
Cœur d'or, comme l'on dit, âme de diamant,
Riche, belle, un mari magnifique et charmant

Qui lui réalisait toute chose rêvée,
Adorée, adorable, une Heureuse, la Fée,
La Reine, aussi la Sainte, elle était tout cela,
Elle avait tout cela.
Cet homme vint, vola
Son cœur, son âme, en fit sa maîtresse et sa chose
Et ce que la voilà dans ce doux peignoir rose
Avec ses cheveux d'or épars comme du feu,
Assise, et ses grands yeux d'azur tristes un peu.

Ce fut une banale et terrible aventure
Elle quitta de nuit L'hôtel. Une voiture
Attendait. Lui dedans. Ils restèrent six mois
Sans que personne sût où ni comment. Parfois
On les disait partis à toujours. Le scandale
Fut affreux. Celle allure était par trop brutale
Aussi pour que le monde ainsi mis au défi
N'eût pas frémi d'une ire énorme et poursuivi
De ses langues les plus agiles l'insensée.
Elle, que lui faisait? Toute à cette pensée,
Lui, rien que *lui*, longtemps avant qu'elle s'enfuît,
Ayant réalisé son avoir (sept ou huit
Millions en billets de mille qu'on liasse
Ne pèsent pas beaucoup et tiennent peu de place.)
Elle avait tassé tout dans un coffret mignon

Et le jour du départ, lorsque son compagnon
Dont du rhum bu de trop rendait la voix plus tendre
L'interrogea sur ce colis qu'il voyait pendre
A son bras qui se lasse, elle répondit : « Ça
C'est notre bourse. »
O tout ce qui se dépensa !
Il n'avait rien que sa beauté problématique
(D'autant pire) et que cet esprit dont il se pique
Et dont nous parlerons, comme de sa beauté,
Quand il faudra... Mais quel bourreau d'argent ! Prêté,
Gagné, volé ! Car il volait à sa manière,
Excessive, partant respectable en dernière
Analyse, et d'ailleurs respectée, et c'était
Prodigieux la vie énorme qu'il menait
Quand au bout de six mois ils revinrent.

Le coffre
Aux millions (dont plus que quatre) est là qui s'offre
A sa main. Et pourtant cette fois — une fois
N'est pas coutume — il a gargarisé sa voix
Et remplacé ssn geste ordinaire de prendre
Sans demander, par ce que nous venons d'entendre.
Elle s'étonne avec douceur et dit : « Prends tout
Si tu veux. »
Il prend tout et sort.

Un mauvais goût
Qui n'avait de pareil que sa désinvolture
Semblait pétrir le fond même de sa nature,
Et dans ses moindres mots, dans ses moindres clins d'yeux,
Faisait luire et vibrer comme un charme odieux.
Ses cheveux noirs étaient trop bouclés pour un homme,
Ses yeux très grands, tout verts, luisaient comme à Sodome.
Dans sa voix claire et lente un serpent s'avançait,
Et sa tenue était de celles que l'on sait :
Du vernis, du velours, trop de linge, et des bagues.
D'antécédents, il en avait de vraiment vagues
Ou pour mieux dire, pas. Il parut un beau soir
L'autre hiver, à Paris, sans qu'aucun pût savoir
D'où venait ce petit monsieur, fort bien du reste
Dans son genre et dans son outrecuidance leste.
Il fit rage, eût des duels célèbres et causa
Des morts de femmes par amour dont on causa.
Comment il vint à bout de la chère comtesse,
Par quel philtre ce gnôme insuffisant qui laisse
Une odeur de cheval et de femme après lui
A-t-il fait d'elle cette fille d'aujourdhui?
Ah, ça, c'est le secret perpétuel que berce
Le sang des dames dans son plus joli commerce,
A moins que ce ne soit celui du DIABLE aussi.
Toujours est-il que quand le tour eût réussi
Ce fut du propre !

Absent souvent trois jours sur quatre,
Il rentrait ivre, assez lâche et vil pour la battre,
Et quand il voulait bien rester près d'elle un peu,
Il la martyrisait, en manière de jeu,
Par l'étalage de doctrines impossibles.

. . . .

« *Mia*, je ne suis pas d'entre les irascibles,
« Je suis le doux par excellence, mais, tenez,
« Ça m'exaspère, et je le dis à votre nez,
« Quand je vous vois l'œil blanc et la lèvre pincée,
« Avec je ne sais quoi d'étroit dans la pensée
« Parce que je reviens un peu soûl quelquefois.
« Vraiment, en seriez-vous à croire que je bois
« Pour boire, pour licher, comme vous autres chattes,
« Avec vos vins sucrés dans vos verres à pattes
« Et que l'Ivrogne est une forme du Gourmand?
« Alors l'instinct qui vous dit ça ment plaisamment
« Et d'y prêter l'oreille un instant, quel dommage!
« Dites, dans un bon Dieu de bois est-ce l'image
« Que vous voyez et vers qui vos vœux vont monter?
« L'Eucharistie est elle un pain à cacheter
« Pur et simple, et l'amant d'une femme, si j'ose
« Parler ainsi, consiste-t-il en cette chose
« Unique d'un monsieur qui n'est pas son mari
« Et se voit de ce chef tout spécial chéri?
« Ah, si je bois c'est pour me soûler, non pour boire.

« Être soûl, vous ne savez pas quelle victoire
« C'est qu'on remporte sur la vie, et quel don c'est!
« On oublie, on revoit, on ignore et l'on sait;
« C'est des mystères pleins d'aperçus, c'est du rêve
« Qui n'a jamais eu de naissance et ne s'achève
« Pas, et ne se meût pas dans l'essence d'ici;
« C'est une espèce d'autre vie en raccourci,
« Un espoir actuel, un regret qui « rapplique »,
« Que sais-je encore? Et quant à la rumeur publique.
« Au préjugé qui hue un homme dans ce cas,
« C'est hideux, parce que bête, et je ne plains pas
« Ceux ou celles qu'il bat à travers son extase,
« O que nenni!

. . . .

« Voyons, l'amour, c'est une phrase
« Sous un mot, — avouez, un écoute-s'il-pleut,
« Un calembour dont un chacun prend ce qu'il veut,
« Un peu de plaisir fin, beaucoup de grosse joie
« Selon le plus ou moins de moyens qu'il emploie,
« Ou pour mieux dire, au gré de son tempérament,
« Mais, entre nous, le temps qu'on y perd! Et comment!
« Vrai, c'est honteux que des personnes sérieuses
« Comme nous deux, avec ces vertus précieuses
« Que nous avons, du cœur, de l'esprit, — de l'argent,
« Dans un siècle que l'on peut dire intelligent
« Aillent!... »

. . . .

Ainsi de suite, et sa fade ironie
N'épargnait rien de rien dans sa blague infinie.
Elle écoutait le tout avec les yeux baissés
Des cœurs aimants à qui tous torts sont effacés,
Hélas!
L'après demain et le demain se passent.
Il rentre et dit : « *Altro!* Que voulez-vous que fassent
« Quatre pauvres petits millions contre un sort?
« Ruinés, ruinés, je vous dis! C'est la mort
« Dans l'âme que je vous le dis. »
Elle frissonne
Un peu, mais *sait* que c'est arrivé.
— « Ça, personne,
« Même vous, *diletta*, ne me croit assez sot
« Pour demeurer ici dedans le temps d'un saut
« De puce. »
Elle pâlit très fort et frémit presque,
Et dit : « Va, je sais tout. » — « Alors c'est trop grotesque
Et vous jouez là sans atouts avec le feu.
— « Qui dit non? » — « Mais JE SUIS SPÉCIAL à ce jeu. »
— « Mais si je veux, exclame-t-elle, être damnée? »
— « C'est différent, arrange ainsi ta destinée,
« Moi je sors. » — « Avec moi! » — « Je ne puis *aujourd'hui*. »
Il a disparu sans autre trace de lui
Qu'une odeur de souffre et qu'un aigre éclat de rire.

Elle tire un petit couteau.
                                        Le temps de luire
Et la lame est entrée à deux lignes du cœur.
Le temps de dire, en renfonçant l'acier vainqueur :
« A toi, je t'aime! » et la JUSTICE la recense.

Elle ne savait pas que l'Enfer c'est l'absence.

TABLE

JADIS ET NAGUÈRE

JADIS

SONNETS ET AUTRES VERS

VERS JEUNES

A LA MANIÈRE DE PLUSIEURS

—

NAGUÈRE

Achevé d'imprimer

A 500 EXEMPLAIRES

Le trente novembre mil huit cent quatre-vingt-quatre

PAR

LÉO TRÉZENIK, IMPRIMEUR

POUR

LÉON VANIER, ÉDITEUR

PARIS

Librairie LÉON VANIER, 19, quai St-Michel, Paris

(*Envoi* FRANCO *contre mandat ou timbres-poste*)

ŒUVRES DE PAUL VERLAINE

POÈMES SATURNIENS, Lemerre, éditeur.................... 3 »
FÊTES GALANTES — — .... (Epuisées.)
LA BONNE CHANSON — — .... 2 »
ROMANCES SANS PAROLES, chez Vanier, éditeur, 1 vol. in-18 2 »
SAGESSE — — 1 vol. in-8° 3 »
LES POÈTES MAUDITS (Tristan Corbière, Arthur Rimbaud, Stéphane Mallarmé), 1 vol. in-18...................... 3 »

SOUS PRESSE

Prose

LES MÉMOIRES D'UN VEUF auto-biographie

Vers

AMOUR, poésies

EN PRÉPARATION

AVENTURES D'UN HOMME SIMPLE

L'ILE, poème

PETITE BIBLIOTHÈQUE DES JEUNES

JACQUES MADELEINE. La Richesse de la Muse, plaquette... 1 »
LÉO TRÉZENIK. Les Gouailleuses, vers fantaisistes......... 1 50
— En jouant du Mirliton, poésies........... 1 50
— L'Art de se faire aimer (prose)........... 2 »
— Les Hirsutes, étude anecdotique.......... 2 »
A. DE BENGY-PUYVALLÉE. Plein Air, poésies.............. 3 »
A. POUSSIN. Versiculets, préface de Jean Richepin........ 1 50
HENRI BEAUCLAIR. L'Éternelle Chanson, triolets........... 1 »
MARC BONNEFOY. Contes en Vers......................... 2 »
— Maurice ou le poème d'un Étudiant..... 2 »
TANCHARD. Faunes et Nymphes.......................... 1 50
PIERRE SELSIS. Nouveaux Horizons....................... 3 50
A. GODIN. Folioles 2 50
— Les Promesses............................... 2 50
— Panier de Cerises............................ 2 50
CH PITOU. Les Larmes d'or.............................. 2 50
G. DORIVAL. Poëmes de la Dèche, sonnets............. ... » 60
E. BIDAULT. Caresses, Récits, Colères.................... 3 50

SOUS PRESSE

JULES LAFORGUE. Les Complaintes, 1 volume............. 3 »
MAC-NAB. Poèmes incohérents, 1 volume illustré......... 3 »

www.ingramcontent.com/pod-product-compliance
Lightning Source LLC
LaVergne TN
LVHW020315230826
846091LV00003B/673

* 9 7 8 2 0 1 9 7 0 6 4 8 7 *

LES CINQ

PAUL FÉVAL FILS

LES CINQ

TOME CINQUIÈME

PARIS
Collection A.-L. GUYOT
6 et 8, rue Duguay-Trouin, 6 et 8

LES CINQ

DEUXIÈME PARTIE

(Suite)

Princesse Charlotte

(Suite)

IX

LE PORTRAIT SANS VISAGE

En écoutant cette déclaration d'amour fougueuse et inattendue, le comte Pernola étouffa un juron italien pour grommeler en bon français :

— Détestable idiot !

Mais ses deux mains se rapprochèrent au moment où M. de Sampierre se retournait vers lui, et il applaudit doucement, comme font les vrais dilettanti, en roucoulant :

— Caro mio, bravé! voilà comme je vous connais et comme je vous honore! grand cœur d'autrefois! miroir des chevaliers, nos pères, qui vivaient et qui mouraient dans le même amour.

Ce disant, il acheva de fermer la dernière persienne, salua profondément, et se dirigea vers la porte.

— Où vas-tu, bambino? demanda M. de Sampierre.

— J'obéis comme toujours, répondit Pernola; vous m'avez ordonné de me retirer, je me retire.

— Reste. Tu es une bonne âme. Je me souviens que tu avais les larmes aux yeux quand tu me montras ces pas dans la neige... Te souviens-tu, toi?

— Au nom du ciel, balbutia le comte, vous savez bien que je n'ai eu par moi-même ni haines ni amours. J'ai été heureux à travers vous et j'ai souffert de même par le contre-coup de vos douleurs. Ne me parlez pas de cette chose horrible! Je vois toujours ce tapis blanc comme un suaire sous la gerbe des rayons qui jaillissaient de la fête...

— Une belle fête! fit observer le marquis froidement, mais qui finit mal.

— Et la longue trace des pas, qui allait à perte de vue...

— L'homme est mort, murmura M. de Sampierre. J'ai bien souvent essayé de peindre son portrait de mémoire : je n'ai pas pu... Avant de vous retirer, Giambattista, installez Domenico sur le chevalet et préparez ce qu'il faut, je vais travailler.

« Domenico » c'était le portrait qui avait un nuage pour figure.

Pernola chercha aussitôt parmi les objets déballés la boîte à couleurs de son noble cousin ; il approcha ensuite et développa un chevalet. M. de Sampierre restait debout, les bras croisés sur sa poitrine, en face du portrait de sa femme.

— Ce qui m'attire invinciblement vers elle, dit-il, c'est précisément le côté enfant de sa nature et l'adorée faiblesse de son intelligence. Peut-être ne comprenez-vous pas bien cela, vous, Battista ; vous êtes un esprit d'affaires ; la preuve, c'est que vous voyez la chevalerie où elle n'est pas. La chevalerie, c'est le sentiment aveugle. Je suis au contraire le fils de notre siècle clairvoyant. J'ai pour moi, avec la grandeur du passé, tout ce qui fait la moderne grandeur. Si quelqu'un me disait : Ta noblesse est morte, je lui montrerais ma richesse à laquelle aucune autre fortune ne peut se comparer. Et si mon ennemi ajoutait : La tempête sociale qui gronde va engloutir ton opulence, je lui répondrais : J'ai ma science et mon art... J'aime Domenica si faible de toute l'énormité de cette force. C'est ma supériorité qui est mon amour.

— Voilà, dit le comte qui avait achevé son ménage. Veuillez voir s'il vous manque quelque chose.

— C'est bien, répliqua M. de Sampierre sans même se retourner. Je vous ai dit de rester. Ecoutez et instruisez-vous. Elle est la première femme, la seule femme qui ait éveillé mon cœur et parlé à mes sens. Ce n'est pas de la chevalerie, cela, c'est de la passion. Et comme toute passion est fatalement aveugle, il s'est trouvé qu'un jour mon intelligence s'est obscurcie. J'ai cru que cette admirable créature, éternelle enfant, s'éveillait femme pour un autre que pour moi. Vous l'avez cru, vous aussi Battista...

— Jamais ! interrompit le comte qui mit la main sur son cœur. Je n'ai pas vos capacités, mon cousin, mais je ne suis pas un sot et j'ai toujours jugé impossible qu'entre vous et un autre homme quelconque, le choix d'une femme quelconque pût hésiter, ne fût-ce que la durée d'un instant !

M. de Sampierre lui tendit ses bras.

— Mon ami, reprit-il en désignant un siège, aucun de nous n'est parfait : la religion elle-même l'enseigne. Asseyez-vous. Au point de vue du Code civil, je n'avais pas le droit d'invoquer le jugement de Dieu, tombé en désuétude. C'est Jean de Tréglave qui était un chevalier, c'est-à-dire un fou. Il a donné son existence entière et n'a rien reçu en échange... En Italie, nous n'avons pas cela, hein, bambino ?

Pernola cligna de l'œil. M. de Sampierre riait tout bas, bonnement.

— C'est français, continua-t-il après un silence, et beau à mettre dans les almanachs, comme le coup de chapeau de Fontenoy qui coucha douze cents gentilshommes sur le carreau et faillit faire de la France une Pologne... Voyons ! Battista, mon cher garçon, vous causez aussi agréablement qu'autrefois. Ne m'avez-vous pas dit que vous aviez à me parler de l'enfant ?

Son doigt désignait le portrait sans visage qui était maintenant sur le chevalet. Pernola répondit :

— En effet... de l'enfant et de la mère.

Le regard du marquis devint méfiant et s'assombrit.

— Mais auparavant, continua Pernola, j'aurais une question à vous adresser, et je n'ai pas l'habitude d'interroger mon cher maître avant d'en avoir reçu l'autorisation.

— Mon cousin, je vous l'accorde.

Ceci fut prononcé avec une majesté vraiment royale. Pernola remercia en s'inclinant humblement et sembla se recueillir.

— Veuillez d'abord, dit-il, être bien persuadé de ceci : c'est que toutes mes actions, comme toutes mes paroles, ont le même but : votre intérêt et celui des personnes qui vous sont chères. La question dont il s'agit, la voici : êtes-vous bien sûr d'avoir tué l'enfant ?

M. de Sampierre ne répondit pas tout de suite. Il regarda son cousin fixement. Sa physionomie exprimait la plus absolue froideur.

Puis, tout à coup, sa paupière trembla et une larme brilla entre ses cils.

— Mon fils ! balbutia-t-il. Un doux ! un cher petit ange aux pieds de Dieu !

Puis encore, changeant de ton et glissant vers Pernola une œillade cauteleuse, il murmura :

— Vous êtes-vous vendu à mes juges, Giambattista Sampietri ?

Pernola se laissa aller à deux genoux et lui baisa les mains en sanglotant.

— C'est bien, fit le marquis en se redressant, j'ai tort, vous êtes un loyal parent. Et d'ailleurs, je ne vous crains pas plus qu'un autre : je suis fou. C'est acquis. Mon interdiction est prononcée légalement. Nul ne peut rien contre moi.

Pernola s'était relevé dans l'attitude de la vertu méconnue. Le marquis continua :

— Je ne vois aucun inconvénient à vous donner une réponse catégorique. L'acte auquel il est fait allusion fut accompli non seulement de sang-froid, mais encore avec conscience et même réflexion, puisque je croyais obéir à une volonté supérieure. Les criminels seuls ont l'agitation du remords : moi, j'étais calme.

« Scientifiquement, c'est-à-dire étant données mes études anatomiques si complètes et la connaissance absolue que j'ai du corps humain, il est impossible que, voulant tuer, je n'aie pas tué. Or, j'étais l'exécuteur d'un arrêt que je n'avais pas rendu : je voulais tuer...

— Donc, vous avez tué! interrompit Pernola comme malgré lui.

— J'ai fait le nécessaire, prononça le marquis avec une tranquillité stupéfiante. Je vois la blessure comme si elle était là, ouverte et rouge devant mes yeux. Elle suffisait, j'en suis sûr : l'opération était bien faite.

— Alors, vous ne conservez aucun doute ?

— Aucun... scientifiquement.

— Et vous avez revu, et vous avez interrogé cette femme, la tzigane Phatmi, qui emporta l'enfant pour le confier à M. de Tréglave ?

Le marquis haussa les épaules et dit :

— J'aime à causer du passé; j'ai interrogé Phatmi. Selon elle, l'enfant était déjà décédé quand elle le remit à l'homme du fiacre. C'est plausible.

— Très bien ! s'écria Pernola, malgré le chagrin que fait naître en moi cette certitude...

M. de Sampierre l'interrompit pour demander :

— Qu'entendez-vous par certitude ? J'ai dit scientifiquement. Quiconque sait trop ne croit plus à rien. La certitude absolue n'existe pas.

Et comme Pernola l'interrogeait d'un regard inquiet, M. de Sampierre ajouta paisiblement :

— Moi, je crois encore en Dieu, mais je suis fou

Il y eut un silence. M. de Sampierre se rapprocha du chevalet et mit des couleurs sur sa palette.

— Voici, dit-il, une particularité curieuse : les autres peintres se préparent une lumière spéciale Moi, je peux travailler avec les jalousies fermées parce que ma lumière est en moi... approchez Battista, mon ami.

Pernola fit un pas vers lui.

— Regardez ! ajouta M. de Sampierre.

— J'ai vu, dit Pernola.

Le marquis pointait du bout de son couteau à broyer l'amas confus de couleurs qui était entre le front et la poitrine de l'image.

— Que voyez-vous ? demanda-t-il.

— Un nuage.

— Et sous le nuage ?

— Je ne vois rien.

M. de Sampierre eut de nouveau son sourire méprisant et vaniteux.

— Sous le nuage, reprit-il, moi, je vois une figure, aussi clairement que je te vois, Battista, pauvre bon ami. Je ne sais pas si tu vas comprendre. Il y a maintenant près de six ans que j'ai ébauché pour la première fois ce portrait sur la toile. Je dessinai la figure d'un jet. C'était vivant de ressemblance.

— Vivant ! répéta Pernola.

Il avait de la sueur aux tempes.

Toute œuvre qui tombe de mon pinceau est vivante, expliqua M. de Sampierre.

— C'est juste, fit Pernola d'un ton soumis. Mais à qui se rapportait cette vivante ressemblance ?

— A mon fils Domenico, prince Paléologue.

— Vous disiez, cependant, tout à l'heure...

— Suis-moi bien. Je ne serai pas dur avec toi : certitude scientifique ne veut jamais rien dire, sinon suffisance de preuves. Chaque fois que l'histoire cite une erreur judiciaire, c'est la certitude scientifique qui a coupé la tête de l'innocent.

— Alors, balbutia le comte, vous n'êtes pas sûr ?...

— Tu ferais mieux d'écouter. C'était vivant, je te le dis ! cela me faisait peur. J'effaçai. Puis je regrettai d'avoir effacé. Un jour, je repris mes pinceaux comme malgré moi, et la figure sortit encore de la toile : la même figure... Vous êtes distrait, mon cousin !

Au lieu de repousser cette accusation comme on s'excuse d'un blasphème, Pernola mit un doigt sur sa bouche. Son regard inquiet et perçant interrogeait les deux croisées qui s'ouvraient du côté du parc.

Le soleil en frappait d'aplomb les persiennes et le vent y agitait les ombres des feuillées.

Un bruit léger passa au travers des planchettes.

C'était comme le pas d'une femme qui eût marché avec une extrême précaution le long du mur.

M. de Sampierre n'entendait pas; il continuait sans tenir compte du geste de Pernola :

— Vingt fois, cent fois peut-être, cette figure a été ainsi effacée, puis refaite. J'ai essayé de la peindre différente d'elle-même et je n'ai pas pu. Mon pinceau repasse malgré moi par les mêmes lignes, elle revient spontanément en quelque sorte. Je la vois surgir et son regard m'entre jusque dans le cœur !

Pernola essaya de sourire.

M. de Sampierre avait involontairement baissé la voix, et tout son corps frissonnait.

— C'est singulier, dit Pernola, mais ce n'est peut-être pas inexplicable. Avez-vous jamais rencontré quelqu'un dont le visage ressemblât à cette figure ?

— Jamais.

— C'est donc vous qui l'aviez imaginée ?

M. de Sampierre hésita, puis il répondit si bas que Giambattista eut peine à l'entendre :

— Non, ce n'est pas moi.

X

OU PERNOLA COMMENCE UNE HISTOIRE

J'ai dû dire que le côté du Pavillon où le comte Pernola avait cru entendre tout à l'heure un léger bruit à travers les persiennes fermées des deux fenêtres était entouré d'un massif épais. Je n'ajouterai pas, comme c'est la coutume, qu'on se serait cru là à cent lieues de Paris, car l'atmosphère de Paris communique aux arbres une maladie de peau qui les rend absolument différents des arbres de la campagne.

Dans les plus beaux jardins du faubourg Saint-Germain, tilleuls et marronniers allongent leurs branches affaiblies qui se tordent, noires et ternes, sous la richesse du feuillage.

En outre, le sol des bosquets parisiens a un aspect particulier auquel on ne peut se méprendre.

Mais à part ces symptômes, le fourré factice, ménagé derrière le pavillon Roland, était parfaitement réussi, et sous les grands vieux arbres on était même parvenu à faire pousser une sorte de sous-bois où de rares allées couraient en tortueux méandres.

C'était un lieu désert : d'abord parce que les forêts

vierges de la vieille ville sont humides, étouffées et tout particulièrement propices à la multiplication pullulante des araignées, ensuite parce que, surtout depuis le décès du jeune comte Roland, le pavillon et ses abords emportaient une idée de deuil.

Parmi les gens de l'hôtel de Sampierre, les mœurs étaient joyeusement faciles. Les deux sexes, voués à un loisir éternel, cherchaient ensemble soir et matin ces douces fleurs qui naissent dans le sentier de l'amour, et au beau milieu de notre siècle de fer, les jardins de la bonne marquise se montraient hospitaliers comme ceux d'Alcine ou d'Armide, mais il y avait de la place ailleurs et les rendez-vous entre frontins et soubrettes fuyaient volontiers ce coin sombre dont le silence parlait de mort.

Aujourd'hui, un autre motif encore devait faire la solitude autour de l'entrevue des deux cousins puisque Zonza et Lorenzin avaient transmis à l'office l'ordre exprès d'éviter les abords du pavillon.

Aussi le comte Pernola, après avoir prêté l'oreille attentivement et en vain, pensa-t-il que le bruit entendu n'avait rien de suspect. Il songea aux deux paires de gazelles qui erraient en liberté dans cette partie du parc fermée par un grillage.

Un de ces animaux avait passé sans doute.

Pernola, d'ailleurs, était on ne peut plus vivement préoccupé par les dernières paroles de M. de Sampierre, dont la manie lui semblait prendre une direction dangereuse.

Pernola travaillait sans relâche depuis plus de vingt ans. Il arrivait en vue du terme de ce long voyage, accompli pied à pied à travers des obstacles innombrables.

Le but — et ce but était véritablement splendide — lui apparaissait tout proche et l'éblouissait.

Il redoutait un de ces vertiges qui prennent les concurrents du mât de cocagne au moment de saisir la montre ou la timbale.

Rarement, M. de Sampierre s'était laissé interroger avec une pareille longanimité. Il avait répondu docilement, quoique d'un air distrait, tournant le dos à son interlocuteur et regardant d'un œil fixe ce pâté de brouillard, plaqué à l'endroit où la figure du portrait aurait dû se trouver sur la toile.

A travers le brouillard, il voyait la figure.

Il avait dit cela ; il l'avait répété.

Et depuis lors, sa rêverie avait je ne sais quoi d'intense qui menaçait.

Pernola poursuivit à voix basse :

— Dans la vie de chaque homme, il y a une heure solennelle qui choisit entre le bonheur et le malheur.

M. de Sampierre rejeta sa tête en arrière comme on fait pour mieux juger un tableau.

— C'est vrai, dit-il, pourquoi me parlez-vous ainsi ?

— Parce que, pour vous, cette heure sonne. Je vous adjure de me répondre. Vous avez parlé tout à l'heure, à propos de cette toile, d'une sorte d'obsession, exercée sur vous par une idée persistante, une vision...

— Ai-je prononcé le mot vision ? interrompit le marquis : je ne crois pas avoir dit *vision*.

— Une image, rectifia Pernola. Ce fait n'a-t-il pas pour origine le souvenir de votre fils aîné, mon bien cher jeune cousin Roland ?

— Il se peut, fit le marquis avec indifférence, mais il y a autre chose.

— L'image ressemblait au comte Roland ?

— Oui, beaucoup.

— Vous avez dit que vous n'aviez pas inventé cette figure.

— J'ai dit vrai.

— Et que pourtant vous n'aviez jamais vu l'original ?

— Jamais : c'est exact.

— Alors, comment la notion de cette image vous fut-elle transmise ?

— Par un message.

— D'où vous venait-il ?

— D'Amérique.

— Il contenait un dessin ?

— Il contenait un portrait photographié.

— Qui vous l'avait envoyé ?

— Je l'ignore. Je le reçus dans une enveloppe dont l'adresse était d'une écriture à moi inconnue.

— Y avait-il une lettre sous l'enveloppe pour accompagner la photographie ?

— Non, il n'y avait rien.

— En ce cas, qui vous disait le nom qu'on devait mettre sur ce visage ?

M. de Sampierre hésita un instant, puis il répondit coup sur coup :

— Personne... moi !

Il y eut un silence.

Pernola était très pâle et tout interdit.

M. de Sampierre avait chargé son pinceau de teinte neutre et s'amusait à épaissir le nuage qui couvrait la gorge et les traits de celui qu'il appelait Domenico.

— L'image avait quinze ans, poursuivait-il de ce ton que l'on prend pour accuser le côté curieux d'une anecdote; juste l'âge que devait avoir l'enfant. L'enveloppe était timbrée de New-York, mais la carte portait le nom et l'adresse d'un photographe de Santa-Fé-de-Sonora.

— Quel nom ? demanda Pernola vivement.

— Je l'ai oublié.

— Vous n'avez donc plus la photographie?

M. de Sampierre eut un frisson par tout le corps.

— Elle me brûlait, balbutia-t-il. Puis il ajouta : Je l'ai brûlée.

Un grand soupir souleva la poitrine de Pernola. Il demanda encore :

— Y a-t-il longtemps de cela ?

— Un peu plus de cinq ans, répondit M. de Sampierre.

Et il acheva :

— Puisque l'enfant avait alors quinze ans et qu'il a vingt ans maintenant...

Il jeta le pinceau qu'il tenait à la main et bâilla.

— Vous m'apprenez là des choses très graves! murmura le comte.

M. de Sampierre se retourna lentement et demanda d'un ton chagrin :

— Depuis quand me fait-on subir des interroga

toires ? Cette aventure ne regarde que moi, d'abord; ensuite, elle ne signifie rien. Allez dire à madame la marquise que j'ai toute ma raison et que je sollicite l'honneur de lui porter mon hommage.

Pernola s'inclina respectueusement et fit un pas pour obéir ; mais c'était une feinte.

Il avait le parti bien pris de ne point abandonner la place avant d'en être venu à ses fins. En arrivant au seuil, il s'arrêta.

— Mon habitude est de vous obéir quand même, mon noble parent, dit-il, mais l'entrevue que vous aurez aujourd'hui (il faut que vous l'ayez) avec ma respectée cousine Domenica est d'une telle importance pour vous deux que je vous demande en grâce de m'accorder encore un instant.

— N'avez-vous pas eu tout le temps de me parler ! s'écria le marquis, pris d'une puérile colère. J'ai assez de vos bavardages. Qu'y a-t-il encore ? Que me voulez-vous ? Dites vite !

Il s'interrompit parce que cette fois Pernola le regardait en face et marchait sur lui d'un pas lent, mais ferme.

— Oh ! oh ! fit M. de Sampierre qui essaya de sourire, allez-vous perdre le respect, Battista ?

— Mon cousin, dit celui-ci, je vous prie de m'excuser. Quand vous serez fatigué de m'écouter, vous m'imposerez silence, mais il faut d'abord que vous m'écoutiez. Si je vous ai interrogé, c'est que je suis déjà depuis bien longtemps la marche d'une intrigue qui enveloppe non seulement vous, mais celle que vous aimez. On vous a regardés tous les deux comme une seule et même proie, et le fait mystérieux que vous venez de me révéler est pour moi un indice évident qui change mes soupçons en certitude. Vous êtes bien malade, mon cousin Giammaria !

Les paupières du marquis battirent et son regard se troubla. Il se tâta le pouls d'un geste furtif.

— Ce n'est pas ainsi que je l'entends, reprit Pernola, impérieux et protecteur à la fois, comme un médecin au chevet d'un fiévreux ; vous êtes très bien portant de corps, grâce à Dieu, et d'esprit aussi, quoique vous ayez fait la plus grande folie dont un homme puisse se rendre coupable.

Ceci fut prononcé d'un ton dur. M. de Sampierre se redressa offensé.

— Mon cousin, dit-il, jamais vous ne m'avez parlé ainsi !

— C'est que vous n'avez jamais été si près de l'abîme, mon cousin !

— Mais quel abime, à la fin ? s'écria M. de Sampierre dans un mouvement de révolte : Vous expliquerez-vous ! Je vous ordonne de vous expliquer.

Pernola lui présenta un siège.

— C'est un abime profond que la ruine, prononça-t-il à voix basse : je dis la ruine complète, quand on a possédé le plus grande fortune de l'Europe !

M. de Sampierre ouvrit la bouche pour répondre, mais la parole s'étrangla dans son gosier.

Ses yeux s'injectèrent de rouge au milieu de la pâleur de son visage.

Il chancela, puis se laissa lourdement aller dans le fauteuil. Pernola s'assit auprès de lui.

— La ruine ! balbutia enfin M. de Sampierre. Il y a des choses impossibles ! Paléologue était plus riche qu'un roi ! Sampierre est encore plus riche que Paléologue !

Il baissa les yeux sous le regard froid et clair de Pernola.

Celui-ci dit avec lenteur, en piquant chacune de ses paroles :

— Il était une fois un homme puissant qui, menacé par beaucoup d'ennemis, prit peur et chercha une armure impénétrable, à l'abri de laquelle il pût braver le danger qui l'enveloppait. Après s'être bien creusé la cervelle, il s'écria un jour comme Archimède : « J'ai trouvé ! on ne tue pas les morts : je vais me faire passer pour mort. » Aussitôt dit, aussitôt fait. Il feignit d'être malade, joua la comédie du dernier soupir et fit enterrer une grosse pierre à sa place dans le tombeau de ses ancêtres. Après quoi, retiré au loin, dans un pays perdu, il dormit tranquille, s'applaudissant du bon tour qu'il avait joué à ses ennemis... m'écoutez-vous bien, mon cousin Giammaria ?

M. de Sampierre avait penché son front sur sa main. Au lieu de répondre, il murmura :

— Je suis un homme sage ! un homme prudent ! Et quand bien même j'aurais eu réunies en moi les passions de vingt dissipateurs, jamais je n'aurais vu la fin de ma richesse ! La ruine ! Battista, vous mentez : Il y a des choses impossibles

UNE PARABOLE

Autour des lèvres du comte Pernola, un sourire se jouait. Il reprit :

— Je vous raconte l'histoire d'un sage entre les sages et d'un prudent parmi les prudents. Ecoutez : notre homme, qui s'était réfugié jusque dans la mort, n'avait plus sa puissance, c'est vrai, mais en revanche, il avait conquis la sécurité. Ses ennemis comme ses amis l'avaient oublié. Il vivait modestement sur une grosse somme qu'il avait emportée et qui, à son compte, devait durer plus longtemps que lui, quand même sa vie se fût prolongée au delà de cent ans.

Personne ne partageait son secret, à l'exception de sa maîtresse et de son favori qui auraient donné leur vie pour lui, car il les avait comblés tous les deux de bienfaits.

Un matin, après une de ces bonnes nuits qu'il avait maintenant, il s'éveilla en sursaut. Quelque chose le chatouillait à la gorge.

Il y porta les mains avant d'ouvrir les yeux, et sentit une corde qui se nouait autour de son cou. Alors, il appela sa maîtresse et son favori.

— Nous sommes là, répondirent deux voix amies.

Et notre homme, ayant regardé, vit son favori à droite de son oreiller et sa maîtresse à gauche qui tenaient chacun un bout de la corde.

— Malheureux ! s'écria-t-il, pourquoi m'assassiner?

— Pour les cent mille ducats qui sont dans votre armoire, maître.

— Dieu vous punira.

— Nous ferons pénitence.

— La loi me vengera...

La maîtresse et le favori éclatèrent de rire.

— Vous avez mis bon ordre à cela, dit le favori.

— Nous accusera-t-on d'avoir tué un mort? ajouta la maîtresse.

Et ils tirèrent...

Le marquis avait écouté d'un air sombre.

Il releva la tête quand Pernola eut achevé et dit :

— Moi, je n'ai pas de maîtresse.

— Tant mieux pour vous, mon cousin !

— Moi, je ne suis pas mort, poursuivit M. de Sampierre, et si tu essayais de m'assassiner, Battista, je t'écraserais !

Pernola haussa les épaules avec pitié :

— A quoi bon vous assassiner, mon cousin Giammaria ! murmura-t-il : vous n'avez même plus les cent mille ducats dans votre armoire.

Sous les yeux baissés du marquis, un cercle d'ombre se creusait.

Pernola, qui l'examinait à la dérobée, vit bien qu'il était grand temps de changer de note.

Il reprit tout d'un coup l'attitude et le ton du respect pour ajouter :

— Giammaria, mon bienfaiteur et mon ami, non seulement je ne vous assassinerai pas, mais je vous sauverai, si Dieu m'assiste. Pour vous sauver, la première chose à faire était de vous montrer la gravité de votre situation.

— Vous ne m'en avez encore rien dit, murmura le marquis avec un restant de rancune, combattue par l'inquiétude naissante.

— C'est vrai, mais je vous ai forcé à m'écouter. Désormais, ce mot de ruine qui vous faisait sourire met des rides à votre front. C'est bien ce que je voulais, et il fallait cela. Le dévouement du médecin ne doit pas reculer devant une opération douloureuse. Pardonnez-moi si j'ai employé le langage des paraboles : je vous aime et je vous respecte si profondément que je ne savais pas comment frapper le premier coup.

Il rapprocha son siège ; le marquis lui tendit la main en disant :

— Venez au fait, Battista.

— Mon noble cousin, ce n'est pas dans la mort que vous vous êtes réfugié, mais dans la folie. Vous venez de me l'avouer vous-même. Au lieu de combattre la demande d'interdiction qui était intentée contre vous, votre parti pris a laissé faire. C'était calcul, je le sais bien...

— C'était prudence! interrompit M. de Sampierre. Il y avait une instruction commencée contre moi.

— Ne discutons pas : vous êtes plus éloquent que

moi. Malheureusement, les faits sont contre vous : l'interdiction a été prononcée. Le gouvernement de vos biens immenses est resté entre les mains de l'excellente et chère femme...

— Ne dites rien contre Domenica ! interrompit encore M. de Sampierre. C'est vous qui avez été son conseil dans l'affaire de l'interdiction.

— M'aviez-vous prévenu ? s'écria Pernola amèrement. Il aurait suffi d'un mot, d'un signe : avez-vous dit le mot ? Avez-vous fait le signe ? Allez-vous me reprocher d'avoir été trompé comme les autres par la fatale habileté de votre jeu ? Tout ce que vous voulez, vous le faites. Vous avez voulu jouer la comédie et vous avez été un comédien sublime !

Le marquis eut son vaniteux sourire.

— Aussi, dit-il, ne craignez rien : si j'ai fait une faute, je saurai bien réparer !

— Dieu le veuille ! En attendant, j'accomplis mon devoir en vous montrant le fond de votre situation. Le jugement qui vous enlève l'administration de vos biens vous lie bras et jambes, à l'heure même où vos biens sont menacés ; voilà un des bouts de la corde qui se noue autour de votre cou.

— Et l'autre bout ?

— Celui sur lequel on tirera quand on voudra vous étrangler ? l'autre bout, c'est le motif que vous avez pu avoir — et que vous avez eu en effet pour vous laisser interdire.

— Qui devinerait ce motif ?

— Tout ceux qui savent l'histoire de la nuit du 23 mai 1847.

— Il n'y a que Jean de Tréglave et vous.

— Et Domenica Paléologue...

— Pas un mot de plus ! fit le marquis péremptoirement.

— Vous me châtierez si j'ai péché, continua Pernola malgré cette défense. Et Domenica Paléologue, disais-je, et Phatmi, et tous ceux qui s'occupèrent de l'instruction criminelle entamée en 1847. Mon cousin, au point où vous en êtes, la plus mortelle de toutes les maladies serait pour vous la sécurité. Je veux vous en guérir à tout prix ! Vous m'entendez : je le veux !

M. de Sampierre resta un instant pensif. Quoi qu'il en eût, il était frappé.

— C'est bien, dit-il, mettons que je me sois privé par mon fait d'une partie de mes moyens de défense, en cas d'attaque. Où est l'attaque ?

Pernola pointa du doigt le portrait sans visage.

— L'attaque a commencé, répondit-il, le jour où vous avez reçu d'Amérique la photographie de l'imposteur qui va vous dépouiller du même coup des biens de Sampierre et des biens de Paléologue.

Une lueur passa dans les yeux du marquis, et c'était de l'espoir.

— S'il vivait ! murmura-t-il ; si j'avais un fils !...

— Vous avez la science, dit froidement Pernola. Personne mieux que vous ne peut savoir si la blessure faite par vous était mortelle.

Les deux mains de M. de Sampierre s'appuyèrent contre sa poitrine et il dit :

— Je souffre, Battista, ayez pitié de moi !

Les traits de Pernola exprimaient, en effet, une respectueuse compassion.

— Dieu m'est témoin, s'écria-t-il avec chaleur, que je ne plaide pas pour moi. Eventuellement, j'ai des droits à l'héritage de Sampierre, c'est vrai, mais je suis prêt à me démettre de ces droits par acte authentique. Si ma qualité d'héritier vous inspire de la défiance, j'y renonce... Ah ! ce n'est pas de l'argent que je voudrais vous sacrifier, Giammaria, c'est tout le sang de mes veines !

M. de Sampierre ouvrit ses bras. Pernola s'y précipita.

— Est-ce que vous croyez, demanda le marquis dont les paupières étaient mouillées, que la princesse-marquise se mettrait contre moi ?

— Elle est mère. Elle se mettra avec son fils... avec celui qu'elle croira être son fils.

— Où est-il, celui-là ? Au nom de Dieu ! répondez-moi !

— Dominons d'abord notre émotion, dit Pernola feignant de faire un grand effort sur lui-même pour recouvrer son calme. Soyons froids comme il convient de l'être à l'heure des grandes déterminations. Je ne peux pas vous détailler tous les rouages de cette conspiration dans laquelle ma noble cousine n'est certes pas complice ; mais qu'importe cela, si elle y est dupe ? Ignorez-vous l'ardent désir qu'elle a de retrouver l'enfant ? les sommes énormes qu'elle a dépensées ? les efforts extravagants qu'elle a tentés ? Faut-il vous rappeler la bonté facile de son cœur, la simplicité charmante, mais dangereuse, la faiblesse enfin de son esprit ? Je suis à cent lieues de blâmer sa conduite ; elle est pour moi respectable et touchante jusque dans son erreur : l'espoir ne peut pas mourir dans le cœur des mères, c'est la Providence qui veut cela...

Un geste de M. de Sampierre l'interrompit.

— Madame la marquise n'a pas besoin d'être défendue, dit-il avec cette belle dignité qui lui venait par bouffées. Je vous ai demandé où est celui que vous nommez « l'imposteur. » Veuillez répondre, j'attends.

— Ils sont plusieurs, répliqua le comte amèrement ; vous pourrez choisir, si l'envie vous prend d'être trompé vous-même.

Et comme le marquis l'interrogeait du regard, il reprit d'un ton de profonde tristesse :

— Il y a des instants où je me demande par quel miracle mon courage survit à tant de dégoût ! Je suis seul contre une armée. Je n'ai même pas pour moi ceux à qui j'ai dévoué mon existence tout entière. Et voilà des années que cela dure ainsi ! mais n'importe, je ferai mon devoir jusqu'au bout. Croyez-moi ou ne me croyez pas, Giammaria, voilà ce qui arrive : Domenica Paléologue a donné à des intrigants la confiance qu'elle me refuse. Elle est entourée de somnambules, d'escrocs et de chevaliers d'industrie. Comme le gâteau à dévorer est énorme, il y a foule de gourmands et une chance resterait de voir les loups se manger entre eux, s'il ne se trouvait en ce moment à Paris une créature diabolique dont le génie malfaisant est capable de réunir en un seu faisceau les intérêts contraires et les cupidités ennemies. Ce démon est une femme. Cette femme a fabriqué un Domenico que madame la marquise attend comme le Messie...

— Je suis là, dit M. de Sampierre. Moi, il est impossible de me tromper. J'ai un guide sûr, infaillible...

— C'est juste ! interrompit Pernola avec un ricanement de pitié : la marque du scalpel, n'est-ce pas ? la cicatrice ? Dans les *Mille et une Nuits*, j'ai lu l'histoire de ce brave homme qui trouva un matin sur sa porte le signe des quarante voleurs. Il traça le même signe sur toutes les portes du voisinage et, le soir, les quarante voleurs ne purent retrouver sa maison. Ce moyen, tout vieux qu'il est, réussit toujours. Je me charge de vous amener, quand vous voudrez, deux jeunes coquins dont ni l'un ni l'autre n'est votre fils et qui portent cependant tous les deux, au nœud de la gorge, une cicatrice irréprochable. Et il y en a d'autres ! C'est le pont aux ânes, le rudiment, l'*a b c*. Quand on trace un *t*, n'est-ce pas, on y met une barre, quand c'est un *i*, on le surmonte d'un point. Eh bien ! quand on fabrique un héritier de Sampierre, la moindre des choses est de lui donner sa cicatrice...

Au moment où il prononçait ce dernier mot, jouissant de l'étonnement inquiet qui se peignait sur les traits de M. le marquis, Pernola changea tout à coup de visage et tendit l'oreille avidement.

Il bondit plutôt qu'il ne courut vers les fenêtres du fond et colla son œil aux persiennes.

XII

EXPLICATION

Le soleil inclinait déjà sa course et ses rayons obliques ne jetaient plus aux fenêtres du pavillon que les ombres mouvantes et festonnées des feuillages. Il faisait une chaleur pesante; la tiède odeur des massifs et des corbeilles enivrait l'air.

C'était l'heure capiteuse qui porte aux uns l'enchantement des sens et aux autres la migraine.

Au dehors, rien ne bougeait ni se bruissait. Mais je me suis laissé dire que certains gentilhommes, terriblement civilisés, possèdent cette acuité particulière de l'ouïe tant célébrée par les romanciers de la vie sauvage et dont ils font le privilège exclusif des Mohicans.

M. le comte Pernola, des marquis Sampietri, était peut-être de ceux qui entendent l'herbe pousser, à moins pourtant que son brusque mouvement vers les fenêtres n'appartînt à cet art qu'on appelle « mise en scène » au théâtre et sans lequel, assure-t-on, il ne faut plus songer à réussir dans les affaires de notre vie publique ou privée.

Son but en ce moment, était de frapper violemment le marquis ; chose à la fois très facile et très malaisée, parce que le marquis avait des sensibilités bizarres et des duretés impossibles à prévoir : tantôt impressionnable plus qu'une femmelette, tantôt inerte comme un caillou ; à la fois intelligent, subtil même, et obtus ; buvant l'émotion à la manière des éponges, mais ne la gardant pas plus qu'un vase fêlé ne conserve la liqueur ; despotique et timide en même temps, humble et orgueilleux, insaisissable parce qu'il ne se possédait pas lui-même, pauvre noble machine dont les rouages étaient aux trois quarts brisés.

Pernola savait jouer de cette machine autant qu'il est possible de connaître un instrument capricieux et détraqué. Il prenait ses moyens d'action où il pouvait et faisait flèche de tout bois.

M. de Sampierre avait éprouvé un ébranlement nerveux en le voyant s'élancer vers la croisée. Son visage avait exprimé une vague appréhension : nous savons qu'au fond de sa folie, feinte et vraie, tout à la fois, il y avait une terreur.

Depuis vingt ans, la pensée du comte qu'il devait à la justice humaine ne l'avait jamais abandonné.

Mais l'inquiétude qui était dans son regard disparut au bout de quelques secondes, et avant même que Pernola eût quitté sa posture de guetteur, M. de Sampierre, renversé dans son fauteuil, égarait ses yeux au plafond.

Au bout de deux ou trois minutes, pendant lesquelles le plus profond silence n'avait cessé de régner au dehors, Pernola revint à son siège.

Il ne s'expliqua point sur ce qu'il avait vu, mais il était très pâle.

Il avait fermé les deux fenêtres donnant sur les bosquets.

M. de Sampierre ne lui adressa aucune question.

— Giammaria, reprit le comte après un silence et en parlant très-bas, vous m'excuserez. Certaines précautions qui peuvent vous sembler futiles ou exagérées sont de la plus absolue nécessité, — non pas pour moi, assurément ; moi je ne compte pas : il ne s'agit que de vous. Vous n'avez aucune idée des dangers qui vous entourent.

— Étais-je plus en sûreté là-bas, chez le docteur ? demanda le marquis.

— Non. Vous étiez plus exposé encore. Il n'y a qu'un seul endroit où l'on puisse se cacher aisément, c'est Paris.

Le front de M. de Sampierre se plissa, pendant qu'il répétait :

— Se cacher !

— Vous n'avez jamais entendu parler des Cinq ? demanda brusquement Pernola.

— Jamais, répondit le marquis. Qu'est-ce ?

— C'est une Société régulièrement instituée pour exploiter le malheur de votre situation et l'incapacité... la crédulité, si vous voulez, de Mme la marquise. Cette entreprise n'est du reste pas la seule. On fonde des compagnies autour de vous comme si vous étiez un champ d'or ou un bassin houiller. Les Cinq ont cela de particulier que leur association commerciale est une métamorphose. La semaine dernière, ils étaient encore une bande de voleurs vulgaires. Le changement s'est fait grâce à l'adjonction de quatre membres nouveaux qui sont les deux agents d'affaires de Domenica Paléologue, sa somnambule et son fils.

— Son fils! répéta M. de Sampierre, qui fit un bond sur son fauteuil. Le fils de qui? de la somnambule?

— Non pas, le fils de Domenica.

— Par le corbac! s'écria le marquis dont les yeux flambèrent, prenez garde à vous, Battista! ne jouez pas avec moi!

— Plus bas! fit le comte; je ne suis pas bien sûr que nous soyons ici à l'abri de l'espionnage. Tout dévouement humain a des limites. Je suis las de vous servir malgré vous. Dites-moi seulement : « Cousin, je ne veux pas vous entendre », et je prends mon passeport pour notre chère Sicile où je vivrai heureux dans le calme de la médiocrité.

M. de Sampierre hésita.

— Je vous avais défendu... dit-il.

— Une fois pour toutes, interrompit Pernola, je n'accuse personne. Bien au contraire, je plains ma noble cousine du plus profond de mon cœur. Mais parce qu'elle est victime d'une audacieuse imposture, faut-il que vous vous laissiez ruiner, déshonorer, traîner devant les tribunaux peut-être...

— Battista, Battista, fit M. de Sampierre en chancelant tout assis qu'il était, je suis de ceux que les paroles tuent. Mes domaines du Danube sont loin. S'il le faut, je fuirai jusque-là! Est-il encore temps de fuir?

— Vos domaines du Danube appartiennent au fils de Domenica Paléologue, répondit le comte.

Il ajouta, en prenant les mains tremblantes et glacées du marquis :

— Je vous affirme sur mon honneur que je vous sauverai si vous ne vous mettez pas contre moi !

— Contre vous, mon cher, mon seul ami ! s'écria M. de Sampierre qui eut des larmes plein les yeux ; contre vous, Battista, mon protecteur et mon ange gardien ! Non, non ; bien loin de là ! Je suis à vous, je me donne à vous, secourez-moi ! je vous en prie.

Pernola fronça le sourcil et dit d'un ton sévère :

— Giammaria, si je ne vous savais le plus brave des hommes, je croirais que vous tremblez ! Reprenez possession de vous-même. Notre explication sera courte désormais, et j'ai confiance qu'elle va être décisive. D'abord, mettez-vous bien ceci dans l'esprit : tout danger cesse, toute menace est supprimée du moment que nous sommes d'accord, vous et moi. Ce n'est ni pour vous cacher ni pour fuir que je vous ai ramené à Paris, c'est pour agir.

Le marquis s'était redressé en proie à une agitation fiévreuse qui mettait des tons vivants sur le marbre de son visage. Il dit précipitamment :

— J'agirai ! je suis fort ! je l'ai prouvé ! j'ai frappé ; je puis frapper encore : il y a des moments où je hais cette femme qui a été le malheur de toute mon existence...

Il s'arrêta épouvanté parce que Pernola posait un doigt sur sa bouche.

— Quelqu'un a-t-il pu m'entendre ? balbutia le

marquis dardant un coup d'œil cauteleux autour de lui.

— Tout ce qui nous environne, répliqua le comte mystérieusement, a des yeux et des oreilles. Je vous ai déjà prévenu.

M. de Sampierre laissa retomber sa tête sur sa poitrine et murmura :

— Je ne parlerai plus... ah ! Battista, je voudrais être fou !

— Du courage ! fit celui-ci : une heure de courage et je réponds de tout. Il ne s'agit plus de frapper : c'est pour avoir frappé que votre main est paralysée. Nos seules armes doivent être celles de l'intelligence. Etablissons bien notre position : vous possédiez légalement deux monstrueuses fortunes qui faisaient de vous l'homme le plus riche de France, bien certainement, et peut-être de l'Europe. Au lieu de vous dire qu'avec cette arme enchantée, cette massue d'or, vous pouviez combattre des géants, vous avez eu frayeur de la loi qui ne vous cherchait plus ; vous avez lâché votre proie splendide pour l'ombre de la sécurité. Elles sont toujours à vous, ces richesses, mais vous n'en pouvez plus disposer. La loi, que vous avez essayé de tromper, les a mises aux mains d'une chère et sainte créature que vous avez raison d'aimer et qui serait la plus adorable des femmes sous la protection d'un époux.

C'est justement cette protection qui lui manque.

Elle est seule, car le conseil de famille, nommé par les tribunaux, est composé de telle sorte que la réunion de ses membres est difficile, presque impossible.

Le Ghika et le Courtenay vivent à Bucharest, le survivant des Commène habite la Terre-Sainte, Rohan défriche ses forêts de Hongrie... les autres sont je ne sais où... Mme la marquise est donc bien seule et submergée par cette opulence qui masse autour d'elle des cohues de cupidités.

Ce qui est pillé, ravagé et saccagé chaque année par ses gens de maison vous paraîtrait fabuleux, mais qu'importe cela ? On peut puiser à l'Océan sans le tarir : je ne ne m'occupe même pas de ce volorganisé qui ferait vivre cent familles. C'est le fonds seul qui m'intéresse ; c'est le fonds qu'il faut défendre.

Le fonds est attaqué par ces chiourmes de flibustiers dont je vous parlais tout à l'heure et dont je désignais la principale sous ce nom : *Les Cinq*. Vous attirez les aventuriers comme les gisements d'or d'Australie ou de Californie.

Que faire à cela ?

La chose du monde la plus simple : occcupez la mine délaissée, personne ne rôdera plus alentour.

— Je suis prêt, répondit M. de Sampierre d'un ton résolu et je vous comprends. J'irai devant les juges, la sentence qui me frappe d'incapacité sera réformée...

— Bravo ! interrompit Pernola. Ceci est excellent, mais il faut des mois, peut-être des années pour amener un tribunal à revenir sur sa décision, et je ne sais pas si nous avons une semaine devant nous.

— Comment ! une semaine !

— Je penche à croire que tout sera réglé dans vingt-quatre heures !

— Que faire en vingt-quatre heures !

S'écria le marquis avec découragement.

— Tout ! répliqua Pernola. La massue d'or est à portée de nos mains, il n'y a qu'à la ressaisir. Les brigands qui rôdent autour de la maison n'ont d'autre audace que leur conviction d'y tromper une femme isolée : il n'y a qu'à ouvrir la porte toute grande et à leur montrer un homme !

— La loi m'a pris mes droits, dit M. de Sampierre tristement : jusqu'à ce qu'elle me les rende, je ne suis plus un homme.

Pernola mit la main sur le côté gauche de sa poitrine.

— Giammaria, prononça-t-il avec lenteur et d'une voix que l'émotion altérait, la loi ne peut rien contre le cœur. Il y a quelqu'un ici-bas qui vous appartient corps et âme. Il y a un homme qui prendra votre place, si vous y consentez, et qui fera de son corps un rempart à votre bonheur.

— Ce sera vous, Giambattista, cet homme ?

— Ce sera moi... ou plutôt, ce sera vous-même en moi, car je resterai un instrument docile entre vos mains : vous ne serez défendu, je le jure, que par votre propre courage, au service duquel nous allons mettre votre propre science et votre propre intelligence.

— Et vais-je comprendre à la fin ? demanda M. de Sampierre avec avidité.

— Aussi clairement que vous voyez la lumière du jour, répondit Pernola. Je ne vous demande pour cela que cinq minutes !

XIII

MOYENS LÉGAUX

Désormais, M. de Sampierre était amené au point exact où Pernola le voulait.

Ce modèle des cousins compléta d'abord les renseignements sur la meute de fripons qui entourait Domenica. Il donna des détails rapides mais frappants sur les Cinq, exquissant les caractères de Moffray, le vaincu de la bataille des affaires, et de Mœris, le faux chevalier errant des forêts américaines.

Quand ce fut au tour de Mme la baronne de Vaudré, Pernola dessina un portrait en pied de la belle Laure, presque aussi réussi que celui du dernier Salon. Il analysa sa vie d'aventures et de crimes, et laissa entendre que Mme la baronne, outre la passion du pillage, avait d'autres raisons encore pour s'attaquer à l'héritage du vieux Michel Paléologue. Mieux que des raisons : presque des droits.

Une chose singulière, c'est que Pernola, laissant de côté le n° 4, Donat, dit Mylord, comme un comparse, passa de Laure de Vaudré à la princesse Charlotte, sans transition. Il établit ainsi une sorte de lien entre Laure, l'aventurière émérite, et la noble jeune fille qui tenait de si près à Domenica Paléologue.

Assurément, selon Pernola, princesse Charlotte ne faisait point partie de l'association des Cinq, mais elle appartenait, par son amour effrontément avoué pour l'Américain Edouard Blunt (un des chevaliers de la Cicatrice) à une autre compagnie aurifère, qui comptait dans ses rangs l'ex-agent de police Chanut, celui-là même qui avait été mêlé, en 1847, à l'instruction de l'affaire de l'hôtel Paléologue.

M. de Sampierre écoutait stupéfait. Tout un monde de menaçantes figures, dont il ne soupçonnait pas même l'existence, se dressait à l'improviste autour de lui. Il essaya de protester timidement en faveur de Charlotte d'Alcix, la fiancée du fils qu'il avait perdu, mais Giambattista répliqua d'un ton tranchant :

— On ne peut pas tout vous apprendre en un jour. Quand vous connaîtrez bien les gens et les choses, quand vous verrez les mailles du filet qui vous enveloppe, le vertige vous prendra comme il arrive au moment où l'on regarde, en arrière de soi, le précipice auquel on a échappé par miracle. Ne reculez pas ; sondez de l'œil cet abîme ; peut-être apercevrez-vous tout au fond le cercueil de ce cher jeune homme, Roland de Sampierre, votre premier-né !

— Qui donc accusez-vous de sa mort ? demanda le marquis terrifié.

— Il était l'*héritier*, répondit Pernola en appuyant sur ce mot.

— Mais princesse Charlotte est héritière aussi...

— Savoir !

L'emphase que Pernola mit dans cette parole lui attira une nouvelle question de M. de Sampierre. Au lieu de répondre, Pernola reprit :

— Il y a quelqu'un de plus menacé que vous-même ; c'est moi. On a tenté déjà bien des fois de m'assassiner, parce que je suis à la fois l'héritier dans l'avenir et le garde-du-corps dans le présent.

— C'est pourtant vrai, cela ! murmura le marquis, comme si cette idée eût été nouvelle pour lui : vous êtes mon héritier, vous, Giambattista !

Pernola vit le danger ; il s'inclina gravement pour répliquer :

— La Zingare de Pœstum, la devineresse de Paris, la Voyante de Glasgow et le médium de Baltimore vous l'ont dit en ma présence et dans les mêmes termes : de nous deux, je mourrai le premier.

— C'est encore vrai ! répéta M. de Sampierre : ils l'ont prédit tous les quatre !

Et il ajouta :

— Je ne crois pas à ces folies, mais la coïncidence est très remarquable.

Pour Pernola, la partie la plus difficile du rôle était jouée.

— Laissons les détails, dit-il avec autorité ; je vous parlerai un autre jour de Phatmi, la servante zingare que madame la marquise eut autrefois l'imprudence de congédier et de Laura-Maria, la bâtarde de Constantin Paléologue, à qui vous eûtes le tort de jeter un morceau de pain : trop et trop peu.

Arrivons à l'heure présente. Il y a des gens de Bucharest au Grand-Hôtel : Le patriarche Ghika et M. de Courtenay.

— Ah ! fit Giammaria.

— A l'Hôtel de Bade, continua Pernola, sont descendus Alexis Commène et votre cousin de Lusignan.

— Oh ! oh ! dit M. de Sampierre, tous les témoins de mon mariage sont donc à Paris ! Il ne manque que monseigneur l'évêque de Sinope, M. Junot d'Abrantès et M. le duc de Rohan.

— Les deux premiers sont morts, répondit Pernola. Le troisième est arrivé ce matin de Hongrie.

— Rohan aussi !... Vous disiez qu'il serait difficile, presque impossible même, de réunir notre conseil de famille...

— Pour nous, oui, mais il paraît que les chercheurs d'or sont plus puissants ou plus avisés que nous.

— Mais au nom de qui ont-ils pu convoquer de tels personnages ?

— Ils ont eu à choisir entre trois noms : Domenica Paléologue, Charlotte d'Alcix, Giammaria Sampietri, marquis de Sampierre.

— Et dans quel but les aurait-on convoqués ?

— Dans le but de reconnaître un des enfants du miracle, un des chevaliers de la Cicatrice : soit celui que produit Mme Laure de Vaudré, soit celui à qui princesse Charlotte a bien voulu accorder ses bonnes grâces.

L'inquiétude et la colère se peignaient tour à tour sur les traits du marquis.

— Et alors ? demanda-t-il.

— Et alors, répondit Giambattista, le tour sera fait. On partagera.

M. de Sampierre se leva. Il avait peur.

— Et personne ne m'a prévenu ! s'écria-t-il. Que faire !

— M'écouter, répliqua Pernola d'un ton résolu. Il y a bien longtemps que je travaille. J'ai commencé à prendre mes mesures le jour où votre interdiction a été prononcée. J'ai mon plan tracé, mais je ne suis pas légiste, et vous êtes au contraire un jurisconsulte consommé. Si mon plan est mauvais, nous en trouverons un autre ; s'il n'est qu'imparfait, vous allez l'amender ; le voici : La proie est double, la mine a deux filons ; l'un de ces filons s'appelle Paléologue, l'autre Sampierre. Pour tous les biens de Paléologue, j'ai procuration générale et spéciale de Mme la marquise : je peux vendre, échanger, engager...

— Avez-vous usé de ce droit ?

— Oui, pour les revenus seulement. Les fermages de Roumanie et ceux de Hongrie sont engagés pour dix ans.

— Cela doit faire une somme considérable.

— Non. La maison a vécu avec cela, et la maison est un gouffre. De ce chef, nous n'avons en caisse que trois ou quatre sacs de louis.

— En caisse ! répéta le marquis : j'ai donc une caisse !

— Vous avez les revenus des domaines de Sampierre, capitalisés depuis le jour de votre interdiction. Voilà la somme... la somme énorme !

— Où sont-ils, ces revenus ?

— Ils sont ici.

La main de Pernola disparut dans la poche de sa redingote et en ressortit tenant un portefeuille. M. de Sampierre s'en saisit et l'ouvrit. Le portefeuille contenait plusieurs bordereaux de la banque d'Anglererre, dont chacun portait à son total de 28 à 30 mille livres sterling (700 à 750 mille francs). Le regard ébloui du marquis chercha le nom du dépositaire et trouva celui de Pernola.

— Ceci est à vous, mon cousin, dit-il avec une nuance de reproche : je n'y puis toucher.

— Je suis prêt à en opérer le transfert, séance tenante, au nom de l'homme assez heureux pour avoir votre confiance, si moi-même je l'ai perdue, Giammaria.

Pour la seconde fois, ce dernier ouvrit les bras et baisa son bienfaiteur sur les deux joues.

— Comme il vous était interdit de posséder personnellement... voulut ajouter le comte.

— Pas un mot ! interrompit M. de Sampierre. J'ai compris votre cœur.

Alors, Pernola demanda d'un air candide :

— Tout cela est-il régulier au point de vue de la loi ?

— Nous passerons la Manche, répliqua évasivement le marquis. Au fond, je suis le maître légitime de cet argent. Mon droit moral excuse tout.

— Et il ne s'agit que de gagner du temps, appuya Pernola. Dans quelques mois, vous aurez recouvré la disposition régulière de vos biens. Tout ce que nous en faisons est pour déménager la maison avant l'arrivée des pillards.

— C'est cela ! s'écria M. de Sampierre, en se frottant les mains ; c'est exactement cela. Les bandits n'auront que le coffre vide !

— Et permettez-moi, reprit le comte, de vous expliquer, en deux mots, mes agissements comme intendant. Si je n'ai point porté remède aux ravages opérés par la domesticité de Sampierre, c'est qu'il fallait un grand désordre et une fuite d'argent considérable pour motiver la mise en gage des revenus personnels de la princesse-marquise, et les sommes provenant de cette mise en gage m'ont permis de cacher à ma noble cousine la capitalisation des revenus de Sicile et d'Italie qui sont maintenant votre force et votre sécurité : c'est ce qu'on nomme un virement dans les ministères...

— Mon droit excuse tout ! répéta le marquis. Vous avez bien agi !

— Arrivons donc au principal. Je suppose que la bande des Cinq, ou même toutes les compagnies de chercheurs d'or, rapprochées par l'intérêt commun, donnent l'assaut à notre citadelle. Domenica, heureuse d'être trompée, ouvre les portes et se pâme dans les bras de quelque jeune coquin, muni de la fameuse cicatrice, les Burgraves du conseil de famille crient au miracle : bref, l'ennemi est au cœur de la place... et c'est ce qui va arriver au plus tard demain, peut-être cette nuit même. Eh bien, grâce à notre manœuvre, les domaines danubiens sont sauvés, car je défie bien qu'on les vende ainsi grevés pour dix ans! D'un autre côté, la caisse courante est à peu près vide, il y a même des dettes : tout est donc au mieux. Quant aux domaines de Sampierre...

— Ah! fit le marquis. C'est la plus belle part!

— Bien entendu, votre position vous interdit de les aliéner? C'est une question que je vous adresse.

— Absolument, oui.

— D'ailleurs, le temps nous manquerait.

— Il n'y aurait qu'une cession antidatée... murmura le marquis avec hésitation et après un silence.

— Voyez, dit Pernola, ce que c'est que de connaître la loi!

— Mon droit...

— Oui, il excuse tout! Mais les voies et moyens?

— Très simples. Un contrat ordinaire, tout uniment, avec la précaution de placer l'antidate à distance convenable du jour de l'interdiction.

— Est-il besoin du notaire?

— C'est la condition *sine qua non*, et je n'y avais pas songé... cherchons autre chose!

— Pourquoi?

— Parce que le risque à courir pour l'officier ministériel est ici tellement grave que nous n'en trouverions pas un seul dans Paris.

— La chose peut-elle se faire en Italie?

Le front du marquis s'éclaira.

— Vous êtes un garçon précieux, Battista! dit-il. En Italie mieux qu'en France, puisque les biens y sont... Vous songez à notre notaire de Palerme, n'est-ce pas? au vieux Rondi? un ami dévoué...

— Rondi est mort, répliqua le comte.

M. de Sampierre perdit aussitôt sa gaieté.

— Cherchons autre chose, dit-il pour la seconde fois. Il n'y avait que Rondi !

— J'ai bien cherché, Giammaria. Votre science me manque, il est vrai, mais il y a un instinct et une force dans les dévouements ardents. Veuillez me répondre : la signature d'un notaire décédé vaudrait-elle ?

— Autant qu'une autre, répondit M. de Sampierre qui ne put s'empêcher de sourire à la naïveté de cette question : pourvu, cependant, ajouta-t-il, que la signature eût été apposée avant le décès du notaire...

Pernola se mit à rire aussi.

— Alors, dit-il gaillardement, l'affaire est faite et nous sommes des bons ! Je me charge d'avoir la signature du vieux Rondi.

XIV

LA PETITE PORTE

La réflexion fit évanouir bien vite le sourire du marquis.

— Prenez garde ! dit-il. Jamais je ne consentirai à user de certains moyens.

— Quels moyens, mon noble ami ? demanda Pernola. Avez-vous cru que j'allais vous proposer un faux, à vous, Sampierre, moi, Sampiétri ? Fi donc ! Il y a dans mon cœur encore plus de respect que d'affection... Lors de notre dernier séjour à Sampiétri de Sicile, c'est-à-dire plus d'un an avant votre interdiction, j'allai trouver le notaire Rondi et je le chargeai de rédiger sept contrats de vente, s'appliquant à vos cinq grands domaines d'Italie, à votre palais de Naples et à votre *vico* de Catane. Je lui fis entendre que vous étiez résolu à placer votre fortune entière en immeubles français, par suite de votre naturalisation. Il dressa les actes et je lui en soldai le prix à la condition qu'il me les remettrait, non seulement signés par lui et son collègue, mais encore régularisés et portant mention des divers enregistrements. — De cette sorte, lui dis-je, M. le marquis n'aura plus qu'à signer lui-même avec ses acquéreurs...

— Et le vieux Rondi consentit à cela ? dit M. de Sampierre avec un étonnement qui frisait l'incrédulité.

— Quand nous ferons nos comptes, nous deux, mon cousin, répartit Pernola, vous saurez combien l'obligeance du notaire vous coûta. En attendant, voici les actes ; examinez-les : s'ils sont en règle, j'ai sauvé votre fortune, voilà tout.

En parlant, il avait ouvert un placard qui contenait une assez grande quantité de papiers. Il en retira un dossier et le tendit à M. de Sampierre.

Celui-ci examina les sept contrats avec l'attention d'un connaisseur. Il n'eut pas de peine à voir que les signatures du notaire Rondi était bonnes. A cet égard, Pernola avait dû dire la vérité.

Chaque vente était faite en due forme. Il y avait sept acquéreurs différents, dont les signatures étaient au bas, sous mention du prix payé comptant. Les sept noms étaient inconnus au marquis.

— Qui sont ces gens-là ? demanda-t-il.

— Il vous importe peu, répondit Giambattista qui lui tendit sept contre-lettres, portant les mêmes signatures et déclarant que chaque acquéreur, ayant agi en vertu d'un mandant, reconnaissait M. de Sampierre comme propriétaire réel des biens vendus.

Quand le marquis eut achevé son examen, il dit :

— Je ne vois rien de mal à ce qui a été fait, puisque je suis, en conscience, le maître légitime de ces choses. Devant les tribunaux, ces divers contrats auraient certainement valeur, ou, du moins, pour en obtenir la rescision, il faudrait une longue et difficile procédure. Nous sommes à l'abri d'un coup de main, et il ne manque plus que ma signature : Donnez-moi ce qu'il faut pour signer.

Malgré tout l'empire qu'il avait sur lui-même, Pernola fut obligé de tourner la tête brusquement pour cacher sa joie.

C'était le dernier pas, et il l'avait cru plus difficile à franchir.

Il revint au placard pour y prendre une écritoire et une plume. Sa figure, quand il la montra de nouveau, était redevenue de marbre.

— Mon cousin, dit-il cependant, mon bien-aimé maître, je vous prie de réfléchir mûrement avant de m'honorer par la plus grande preuve de confiance qui puisse être donnée à un homme. Rendez-vous compte du mandat que vous me conférez. Je vais rester dépositaire de tous ces papiers, — de tous ! y compris même les contre-lettres ; sans quoi, tout ce que nous avons fait serait inutile...

Giammaria l'interrompit d'un geste, prit la plume et la trempa dans l'encre.

— Vous avez fait preuve de capacité, Battista, dit-il, c'est certain, mais de là à m'apprendre quelque chose, il y a loin. Je sais ce que je fais.

Il lui toucha la joue du revers de sa main et signa le premier contrat.

Les autres suivirent, et, tout en signant, il disait :

— Je voudrais voir la grimace que va faire la

bande des sacripants en trouvant nos sequins changés en feuilles sèches !

Quand il eut achevé, Pernola lui baisa la main. Il y avait dans toute sa personne une apparence de grave recueillement.

— Giammaria, dit-il, je prends désormais la responsabilité des événements, car vous m'avez confié l'avenir entier de Sampierre. Vous allez être un prisonnier dans votre propre maison. Je vous demande deux heures pour les mesures à prendre. C'est moi qui servirai votre repas, personne ne doit vous approcher : je me défie de tous... Je vous laisse cette arme, au cas où quelqu'un tenterait de pénétrer jusqu'à vous.

Il déposa un revolver sur la table, et comme M. de Sampierre le regardait avec étonnement :

— Ce sont des heures de crise, continua-t-il. La vaillance n'exclut aucune précaution. Demain, vous serez hors de France, et tout danger aura disparu.

En parlant, il avait plié avec soin tous les bordereaux de la banque d'Angleterre et les contrats de vente. Tout tenait dans son grand portefeuille.

— Ceci, dit-il avec emphase, doit être caché à cent pieds sous terre !

Le marquis était impressionné à la manière des enfants qui écoutent une mystérieuse histoire. La fièvre lui venait petit à petit.

— Par le corbac ! s'écria-t-il, le premier bandit qui se montre, je lui brûle la cervelle ! Vous avez bien fait de m'armer !

Pernola mit un doigt sur sa bouche et gagna la porte.

— A bientôt! fit-il en passant le seuil.

Et sitôt qu'il eut disparu, la clef tourna deux fois dans la serrure au dehors.

Resté seul, M. de Sampierre se mit à marcher à grands pas. Son cerveau malade s'exaltait de plus en plus.

Le jour était haut encore, mais le soleil avait tourné. Les persiennes closes restaient désormais à l'ombre. Il régnait dans la chambre une véritable obscurité.

M. de Sampierre se promena pendant deux ou trois minutes presque au pas de course, puis il s'arrêta brusquement et dit :

— Il m'est venu quelquefois à l'idée que Giambattista était le roi des coquins.

Le son de sa propre voix sembla l'effrayer encore plus que l'idée émise. Il regarda tout autour de lui et frissonna.

— C'est lui qui me garde! pensait-il; c'est lui qui va me servir mon repas! Roland de Sampierre est mort ici. Je suis prisonnier... Et je suis d'or!

Un sourire voulut naître autour de sa lèvre, qui se crispa en une grimace de terreur. Il répéta par deux fois :

— Je suis d'or! je suis d'or! Il y a plus de vingt ans que Battista me compte et me recompte comme une montagne d'écus qui doit être son bien. Les autres sont alentour qui rôdent. Et si je tendais les bras vers la justice, elle dirait : c'est un fou! — Non! je ne suis pas fou! — Alors, pourquoi as-tu joué la folie, assassin!...

Ses cheveux blancs dressés s'agitaient sur son crâne comme si un grand vent les eût secoués. Il toucha le revolver qui était sur la table, mais il le rejeta avec la précipitation qu'on met à lâcher un fer chaud.

Puis, il s'élança vers une des croisées en étouffant un cri de délivrance...

Qu'importait la porte fermée à double tour ? Il y avait là quatre issues pour une. Mais, au premier effort que M. de Sampierre fit pour ouvrir les persiennes, il reconnut qu'elles étaient solidement maintenues au moyen d'un système de serrurerie dont il n'avait pas le secret.

Cette précaution pouvait avoir été prise dans l'intérêt de sa propre sûreté, mais le courant de ses idées allait vers la défiance. Il saisit une des planchettes pour en éprouver la force et sentit au toucher qu'elle était doublée de fer. Du haut en bas, toutes les autres planchettes avaient sous le bois une bande de fer solidement rivée. Ces persiennes étaient plus robustes que les meilleurs volets de chêne plein.

L'épouvante de M. de Sampierre fut tout d'un coup portée à son comble. Un spasme étrangla sa gorge et il dit :

— C'est l'histoire de tout à l'heure : l'histoire de l'homme qui s'était réfugié dans la mort !

Ses deux mains convulsives pressèrent son front où la sueur coulait à grosses gouttes glacées.

— J'espérais en Carlotta... murmura-t-il plaintivement.

Ce nom mit une lueur dans son regard.

— Carlotta ! répéta-t-il. Roland me disait : « Elle vient me voir... » Et je n'écoutais pas ; il me semblait que c'était sa fièvre qui parlait. Il me disait encore : « Chaque fois qu'elle me donne à boire, le déchirement de mes entrailles s'appaise... » Et il me montrait l'issue par où Charlotte pénétrait ici... Car c'était ici : dans cette chambre... Et il me suppliait de ne pas révéler son secret à Giambattista...

Son regard monta jusqu'au portrait de Roland, et il balbutia :

— Roland ! je ne l'ai pas tué, celui-là ; mais je l'ai laissé mourir !... Par où donc venait Carlotta, pauvre chère fille ?

Ses yeux interrogèrent la boiserie. Pendant qu'il cherchait ainsi, sa pensée, qui tournait à tous vents, revint à Pernola, et il se dit :

— Je ne lui ai jamais révélé le secret de Roland et de Carlotta. J'ai bien fait ! La pauvre main pâle de Roland me montrait le panneau, à gauche de l'alcôve, et il me disait : « Elle vient par là. »

Il traversa la chambre sur la pointe des pieds, et comme s'il eût craint l'espionnage de quelque surveillant invisible. Du premier coup, guidé par son souvenir, éveillé vivement, il porta la main à l'endroit exact que le geste du jeune comte Roland lui avait désigné sans doute autrefois.

C'était le cœur d'une rose appartenant à la guirlande de fleurs sculptées qui décorait la boiserie.

Le cœur de la rose céda sous la pression, et une étroite portion du panneau, placée immédiatement sous le portrait, qui avait un voile, roula sans bruit, montrant un couloir obscur par où souffla une bouffée d'air froid renfermé.

M. de Sampierre eut un sourire à l'adresse de Pernola absent.

— Cousin, dit-il, voilà un tour que vous ne connaissez pas! Je suis libre!

— J'ai peut-être tort, se reprit-il soudain en refermant le panneau, Battista est un bon parent. J'ai été à sa merci bien des fois... Oui, mais il n'avait pas une fortune dans sa poche: ma fortune! Combien de millions lui vaudrait mon enterrement? Ah! si j'avais mon fils!...

Sa tête tomba sur sa poitrine. Il se remit à marcher de long en large, lentement d'abord, puis à grands pas.

Au bout de quelques minutes, il s'arrêta court en disant:

— Je donnerais tout l'or du monde pour douter!... Je veux examiner encore une fois la blessure et voir si les deux carotides furent tranchées...

Il se trouvait juste en face du portrait sans visage. Il dépouilla sa redingote, retroussa ses manches et chargea sa palette en un clin d'œil. Aussitôt que ses préparatifs furent achevés, il se mit à peindre avec une activité singulière. Il allait droit devant lui, son pinceau courait sans hésitation et pour ainsi dire sans pensée. On eût dit qu'une force machinale le poussait, ou mieux qu'il savait par cœur sa routine.

Aussi, malgré l'obscurité croissante qui régnait dans la chambre, la besogne allait avec une étonnante rapidité.

Au théâtre de la Porte-Saint-Martin, Mélingue exécutait sa statue d'Hébé en vingt minutes, et il est vrai de dire que la statue était fort belle. En trois fois moins de temps, M. de Sampierre eut achevé sa tâche : il est encore vrai d'ajouter que ce n'était pas un chef-d'œuvre ; bien au contraire.

Mais, malgré tout, c'était vivant et frappant. Le nuage manié, avec de brutales énergies, se transforma et s'anima. De sa masse confuse, une tête sortit ; une tête de jeune homme qui n'était pas celle du comte Roland, mais qui lui ressemblait : une tête que nous connaissons bien pour l'avoir vue deux fois : une fois, au saut de loup du trou Donon et dans le taudis de la Tartare ; une autre fois, sur le lit de camp, au bivouac en chambre de capitaine Blunt ; — la tête du jeune maître Edouard.

Sous la tête, à la place où d'ordinaire la cravate se noue, M. de Sampierre brossa en trois coups de pinceau une plaie rouge et béante, puis au moyen d'un travail plus appliqué, il réduisit graduellement cette énorme blessure, la soigna, la ferma, la guérit, et en fit la représentation exacte d'une chose que nous connaissons très-bien encore : la cicatrice à nous montrée avec tant de complaisance sur le canapé de la belle Laure, par Donat, n° 4, dit Mylord, couché, la gorge nue, dans la pose d'Endymion.

M. de Sampierre, tout entier à ce travail, qui le tenait passionnément attentif, n'avait pas prononcé une parole. Quand il eut achevé, il s'éloigna d'un pas pour voir l'effet, et dit entre ses dents :

— Le premier venu des chirurgiens de campagne

n'aurait pas besoin d'y regarder à deux fois pour dire qu'une pareille blessure ne se pourrait fermer qu'à l'aide d'un miracle. J'ai encore le scalpel. La rouille qui reste sur la lame marque la profondeur de deux centimètres trois quarts. Les carotides furent tranchées toutes deux ! Et Battista a raison : l'enfant est mort... Je jure qu'il est mort !

Un mouvement presque imperceptible se fit non loin de lui au moment où il se rapprochait de la toile pour déposer sa palette et ses pinceaux. Ce mouvement lui échappa.

C'était la boiserie qui bougeait avec sa guirlande de fleurs sculptées.

Le panneau, situé sous son propre portrait, à gauche de l'alcôve, rentrait lentement, comme s'il se fut ouvert de lui-même et montrait de nouveau le couloir obscur par où princesse Charlotte venait autrefois rendre visite à son cousin Roland.

Dans la baie de la porte masquée, une figure de jeune homme se dessina vaguement sur le fond noir.

Et, derrière cette figure, on devinait plutôt qu'on ne voyait un profil de jeune fille.

A cet instant, les deux fenêtres donnant sur la grande avenue brillèrent. Le soleil qui avait tourné le pavillon, envoyait ses rayons obliques aux persiennes.

La toile du chevalet s'éclaira en même temps que la figure encadrée dans la baie de la porte.

Ici et là, c'était le même visage.

On pouvait juger de la ressemblance. L'original et la copie étaient à dix pas l'un de l'autre.

XV

CHARLOTTE S'EN VA EN GUERRE

Il nous faut rétrograder de quelques heures et revenir au matin de cette journée où devaient se presser les derniers événements de notre drame.

Au moment où je prenais la plume pour écrire cette histoire dont certaines portions (les moins vraisemblables) sont exactement vraies, un de mes vouloirs était de montrer jusqu'à quel point d'isolement et de misère l'énorme richesse peut tomber:

Il y a en effet je ne sais quelle mystérieuse malédiction autour du « trop d'argent » et notre siècle a vu de mémorables cas de cette maladie.

Presque tous ceux qui ont amoncelé dans leurs coffres la vie et le pain de plusieurs milliers d'hommes, par le jeu de cette pompe aspirante qu'on appelle les *affaires*, ont été blessés sous nos yeux cruellement et profondément.

L'un, prodigieux champignon de la couche financière, vend, une fois, sa dernière chemise pour imprimer un journal à un sou, le soir d'une émeute, s'éveille le lendemain directeur d'une feuille en vogue, achète une autre chemise, des souliers, un palais, des équipages, un duc pour en faire son gendre et le droit de bavarder sa langue alliacée dans d'illustres salons qui l'écoutent à genoux. Il avait du génie, celui-là! Un autre champignon le poignarda dans le dos et il mourut enragé.

L'autre, le champignon assassin, le pâle vampire qui voulait engloutir l'Océan-Rothschild dans son estomac délabré, et qui, pendant trente ans, condamné de la médecine, n'a pu ni boire un verre de vin, ni manger une aile de perdreau, ni profiter d'un sourire; l'autre, incapable de dépenser un sou pour le bien de son corps ou de son âme, plus prétrifié que la fille de Loth, plus métarmophosé que Midas et plus mort que tout un cimetière; l'autre, après avoir trôné sur un pavois, fait de cent mille détresses, étouffé l'anathème d'un peuple de dupes et vaincu la justice même du pays, s'est refroidi, cadavre d'or massif, au fond d'une obscurité désespérée.

Son nom était inscrit au coin des rues, il y est peut-être encore... et c'est grande pitié de voir le caprice municipal acharné à gratter le souvenir des saints et des rois, perpétuer cette honte en même temps qu'elle biffe tant de gloires!

Mais les idées littéraires tournent au vent quelquefois comme si elles avaient l'honneur d'être des opinions politiques. Chemin faisant, j'ai oublié ce thème dont les années de notre deuil national semblaient amoindrir sinon la portée, du moins l'opportunité. Je dis *semblaient*, car, au fond, ces monstruosités dorées tiennent à la hache comme les prémisses, dans tout argument établi, renferment la conséquence : C'est avec du papier banqueroutier qu'on fabrique les cartouches à ôtages !

D'ailleurs, il n'y avait rien de financier dans l'opulence de ces pauvres riches dont je raconte l'histoire. L'or n'a pas besoin d'être voleur pour être fatal... Que les moralités, petites ou grandes, qui se cachent au fond de mon récit, se dégagent comme elles pourront: je raconte.

Un peu avant l'heure où la marquise Domenica montait en voiture pour se rendre à l'église des Missions-Étrangères, Charlotte d'Alcix était sortie de l'hôtel, à pied, en compagnie de Savta, son chaperon ordinaire. Elles n'avaient pas une longue carrière à fournir. Après avoir fait une centaine de pas dans la rue de Babylone, elles tournèrent une maison en construction pour entrer dans le boyau triste et poudreux qui conduisait à la cité Donon.

L'élévation de Savta au grade de dame de compagnie doit être rangée parmi les nombreux symptômes qui caractérisaient l'état d'infériorité et d'abandon où végétait la maison de Sampierre. Il est convenu que nous ne nous appesantirons pas sur ces détails, mais autour de la marquise Domenica tout était de même. Il semblait qu'elle ne pût rien obtenir pour son argent, prodigué pourtant sans mesure. Pas de mari, pas d'enfants, pas d'amis, pas de serviteurs et pour compagne une ancienne servante.

Du moins, pouvons-nous dire que Savta était étrangère à toutes les énormités qui se commettaient à l'office, et dévouée à ses maîtres dans la mesure de son intelligence bornée. Elle se regardait responsable de Charlotte comme la bonne qui mène promener les enfants. Elle eût certainement risqué sa vie pour empêcher sa princesse d'être écrasée par un omnibus.

Elle « représentait » assez bien, du reste; elle portait avec convenance le sévère costume des duègnes. Elle mangeait beaucoup, dormait davantage et faisait des « réussites » on aurait pu tomber encore plus mal.

— Princesse, dit-elle après avoir tourné le coin de la bâtisse, le comte Pernola serait un bon mari, certainement.

— Crois-tu ? demanda Charlotte.

— Hier au soir, il m'a donné des étrennes en me recommandant de ne dire à personne que je vous ai conduite à la maison du Marais, où est le blessé.

— Et qu'as-tu répondu, ma bonne ?

— J'ai répondu : grand merci.

— Tu as bien fait. As-tu dit l'adresse ?

— Je ne regarde jamais ni les rues ni les numéros.

Elles poursuivirent leur route en silence. D'un côté, c'était le mur du parc, de l'autre, les derrières d'un couvent. Quand le boyau s'élargit, laissant voir les masures qui flanquaient la « grande maison », Savta ralentit le pas tout à coup.

— Je ne suis jamais venue jusqu'ici, murmura-t-elle d'un accent effrayé. C'est la ruelle qu'on voit de la pelouse ?

— Oui, répondit Mlle d'Alcix. Voici notre saut de loup, sur la droite, à cinquante pas de nous. Tu te reconnais ?

Savta fit le signe de la croix et pensa tout haut :

— C'est là que l'homme a été tué !

Elle frissonna.

— Et c'est là, ajouta-t-elle en pointant du doigt le logis de la Tartare, que j'ai vu le visage d'une morte, Phatmi, notre ancienne première... Je n'irai pas plus loin, princesse.

— Nous sommes arrivées, dit Charlotte qui s'arrêtait à la porte de la Grande-Maison.

Savta releva son voile pour regarder en l'air.

— Ah ! fit-elle, c'est ici que demeure le gros homme avec son soldat. Jésus Seigneur ! boit-il assez de bière ! j'ai cru reconnaître une fois le comte Pernola dans la chambre du haut, mais je me serai trompée.

Mlle d'Aleix tourna le bouton de la porte extérieure. Elle s'engagea avec Savta dans l'escalier qui était de bonne largeur, malgré l'exiguïté du bâtiment, et formé de marches très basses. Il n'y avait qu'une porte sur le carré du second étage. Charlotte y frappa.

— Est-ce déjà vous, ma belle voisine ? demanda la voix essoufflée du père Preux.

— C'est moi, répondit Charlotte.

Le bruit d'un cordon qu'on tirait se fit entendre, et la porte s'ouvrit.

Le Poussah était assis, en manches de chemise, à sa place ordinaire, en face de la fenêtre ouverte. Il avait devant lui une soupière vide et sa vaste cruche de bière, flanquée d'un verre où restait la mousse de la dernière rasade.

Entre la porte et lui, le gros chien Tonneau, calé

sur ses quatre pattes écartées, grognait et montrait les dents.

— A bas, Tonneau! dit le père Preux qui repassait un rasoir sur le creux de sa main, sois galant avec les dames, bonhomme. Une, deux! montrez vos talents!

Tonneau, toujours grognant, se leva sur ses pattes de derrière, ne put garder l'équilibre et retomba lourdement. Le père Preux, humilié, lui lança un vieil almanach Bottin qui était toute sa bibliothèque, et Tonneau regagna son trou derrière le lit en rampant.

Charlotte avait fait un pas à l'intérieur de la chambre. Savta restait contre la porte, étonnée et effrayée. C'était le chien surtout qui lui faisait peur.

— Ah! ah! reprit le Poussah avec la plus aimable familiarité, vous avez votre dame d'honneur aujourd'hui, ma princesse? Asseyez-vous donc et la confidente aussi. Vous permettez que je continue? Je vais avoir une rude journée de travail!

Charlotte montra une chaise à Savta qui s'assit, mais elle-même resta debout.

Le père Preux barbouilla de savon ses grosses joues. Il avait l'œil brillant et regardait la jeune fille avec une admiration effrontée.

Je me donne vacances à la Bourse, dit-il, quoique ce soit grande liquidation. Mes vieilles chattes vont pousser de beaux cris! Mais je vous consacre tout mon temps d'aujourd'hui, ma voisine. A bas le reste, dès qu'il s'agit de vous!

Il passa le rasoir sur une de ses joues. Il tremblait à faire frémir, mais il ne se coupait pas.

Il y a des femmes qui sont partout chez elles. On eût été en vérité plus surpris de trouver ici la bonne Savta que Charlotte elle-même dont la beauté simple et fière rayonnait indépendamment de tout cadre. Vis-à-vis de cet homme, plus repoussant que le milieu même où il faisait sa tanière, elle gardait toute sa belle sérénité. Dans ses grands yeux, où brillait un calme sourire, vous n'auriez lu ni gêne ni répugnance.

— Alors, demanda-t-elle presque gaiement, vous n'avez encore rien à me dire ce matin ?

— Rien, répondit le Poussah, qui déposa son rasoir pour se verser un verre de bière, sinon que le Pernola ne s'endort pas sur le rôti. Vous savez qu'il est en campagne ?... Si j'avais voulu l'écouter, celui-là, j'aurais des mille et des cents. Mais plus souvent, que je laisserai un si beau lopin de terre aller à ce cafard !

De son verre vide, il montrait le parc de Sampierre dont les bosquets, éclairés par le soleil du matin, offraient, en vérité, de charmants aspects.

— J'ai mon asthme, pas vrai ? reprit-il, et je ne suis plus si ingambe que Léotard. Ça m'irait mieux de vivre au premier étage et même au rez-de-chaussée pour ne pas souffler dans l'escalier. Eh bien ! je reste ici et je trempe ma chemise tous les jours à monter mes quarante-quatre marches, pourquoi ? Parce que d'ici, je vois le lopin de terre en grand. Quel quartier on pourrait y bâtir !... savez-vous, jeunesse, ce serait le paradis pour un homme qui vivrait là-dedans avec une jolie petite femme dans votre genre, parole d'honneur ! J'ai mon idée.

Savta eut une quinte de toux sèche. Charlotte se mit à rire. Le père Preux rasa son autre joue en ajoutant bonnement :

— Il n'y a pas d'affront : Tonneau regarde bien les évêques !

— Puisque vous n'avez rien à me dire, reprit Charlotte avec bonne humeur, je m'en vais. Vous faut-il de l'argent pour ce que vous avez à faire aujourd'hui ?

— Nous compterons, ma princesse, répondit le Poussah galamment. C'est sûr que je ne travaille pas pour le roi de Prusse, mais, avec vous, je fais comme à la foire, où on ne paie que si on est content.

— Alors, à demain ?

— Peut-être avant. J'ai idée que ça va être la liquidation chez vous comme à la Bourse... Connaissez-vous mon soldat ?

— Savta le connaît... Pourquoi ?

Papa Preux cligna de l'œil à l'adresse de la gouvernante.

— Ma vénérable, dit-il, ça ne vous a donc jamais démangé de gagner le gros lot du Crédit Foncier?... Quant à mon soldat, il s'appelle Jabain. C'est un bon sujet. Donnez l'ordre qu'on le fasse entrer s'il sonne à votre grille, car il pourrait bien vous apporter des nouvelles aujourd'hui.

— C'est bien, dit Charlotte en faisant signe à Savta, qui se leva précipitamment et ne fit qu'un saut jusqu'au seuil.

Le Poussah eut un gros rire.

— La voilà partie ! s'écria-t-il en contenant ses énormes flancs. Je ne lui fais pas l'effet d'un amour, savez-vous ?... Nous deux, c'est différent : nous nous connaissons depuis... depuis... voyons, quel âge avez-vous bien, princesse ?

— Dix-neuf ans, répondit Charlotte qui gagnait la porte.

— C'est ça, alors ? nous nous connaissons depuis dix-neuf ans... juste !

Charlotte se retourna vivement, une question aux lèvres.

— Non, non, fit le Poussah, je ne causerai pas maintenant ! j'ai trop d'ouvrage, mais je vous promets que vous en aurez pour votre argent. C'est gentil de retrouver un témoin de son baptême, eh ?... N'oubliez pas de dire qu'on ouvre à mon soldat... Jabain (Emile) : un bon sujet ! Et si vous aviez absolument besoin de moi, à dater de midi, envoyez un exprès à Ville-d'Avray, maison de Mme Marion. La belle amie à qui je vais rendre visite porte ce nom-là... à Ville-d'Avray. Ailleurs, dame..., à vous revoir, princesse !

XVI

NE SAIS QUAND REVIENDRA

Qu'est-ce qu'il vous a dit, princesse ? demanda Savta au bas de l'escalier. Vous avez l'air toute frappée.

Charlotte d'Aleix lui prit le bras, mais ne répondit pas. Quand elle passa le seuil de l'allée, elle ne releva point la tête. Elle devinait au-dessus d'elle la grosse figure du Poussah penchée, aux aguets, sur l'appui de sa fenêtre.

Et en effet, au moment où elle mettait le pied dans la poussière de la ruelle, le souffle asthmatique du monstre descendit jusqu'à son oreille.

Au bout de quelques pas, Savta, qui la sentait frissonner, reprit :

— On n'a pas idée d'aller chez des personnes pareilles !

Cette fois, Mlle d'Aleix répliqua :

— Du moment que vous êtes avec moi, ma chère bonne, je n'ai jamais de crainte.

— Et vous ne faites rien de mal, c'est sûr, pauvre chérie ! interrompit Savta. Mais je suis chargée de vous et je voudrais pourtant bien savoir ce que vous cherchez comme cela par monts et par vaux.

— Le sais-je moi-même? murmura Mlle d'Aleix d'un ton de profonde tristesse, celui sur qui je comptais le plus m'a peut-être abandonnée...

Elle s'interrompit brusquement et sa voix changea du tout au tout pendant qu'elle reprenait :

— Je n'ai pas le droit de faiblir et Dieu est bon. Qui sait si le salut n'est pas tout près de nous?

Savta regarda sa montre.

— Rentrons déjeuner, dit-elle : je n'aime pas quand vous changez vos heures; c'est mauvais pour votre estomac. Il faut prendre quelque chose.

Mais Charlotte appelait justement un fiacre qui passait. La bonne gouvernante poussa un gros soupir en grommelant :

— Ce n'est plus une vie, quand les heures des repas n'y sont plus!

Elle monta néanmoins la première. Charlotte dit au cocher :

— Rue des Canettes, n° 15.

Et le fiacre s'ébranla.

Savta avait beaucoup voyagé en sa vie, obligee qu'elle était de suivre les pérégrinations continuelles des Sampierre. Elle portait généralement un petit sac de cuir de Hongrie qui contenait quelques provisions. C'est sage le long des routes. Aussitôt installée, elle ouvrit son sac et offrit un sandwich à sa jeune maîtresse, en disant :

— Mangez une bouchée, amour; ainsi vos heures ne seront pas changées.

Sur le refus de Mlle d'Aleix, elle mangea elle-même une bouchée, composée du sandwich offert et d'un second. Après quoi, le fond du sac lui fournit une bouteille revêtue d'osier, où elle puisa, non sans faire observer que :

— De ne pas boire après le repas, c'est dangereux pour l'estomac.

Lestée de cette sorte, elle monta courageusement, derrière Mlle d'Aleix, le long et raide escalier qui conduisait à l'appartement de M. Chanut, mais ce ne fut pas sans dire plusieurs fois :

— Ceux qui ne connaissent pas les fourmis dans les mollets sont bien heureux!

Mme Chanut, la mère, était seule à la maison. Elle fit entrer les deux visiteuses dans cette chambre si proprette et si bien tenue où la bonne dame avait reçu capitaine Blunt.

Mme Chanut ne se donnait pas à tout le monde. Les femmes comme elle qui ont vécu de peines et de frayeurs ont beau avoir le cœur doux et même grand, elles sont défiantes. Elles portent cela comme Savta son sac de cuir de Hongrie : c'est provision de voyage. L'accueil de la vieille dame fut d'abord poli, mais très froid, et quand Charlotte manifesta le désir d'attendre M. Chanut, elle eut cette réponse un peu sèche :

— Mon fils sera dehors toute la journée.

Charlotte dit alors son nom qui produisit un médiocre effet. Mme Chanut ne put moins faire, cependant que de prononcer la phrase sacramentelle :

— Si c'est quelque chose qu'on puisse lui dire...

Charlotte hésita. Ce n'était pas du désappointement qui était sur son charmant visage ; on y pouvait lire un sérieux chagrin.

— Madame, répliqua-t-elle après un silence, je vous parlerai, si vous le voulez bien. J'apportais ici une grand espérance...

Il y eut dans l'accent de ces dernières paroles quelque chose qui serra la poitrine de Mme Chanut. Elle désigna un siège auprès de son embrasure et reprit elle-même son fauteuil.

Savta, essoufflée, s'était assise au coin de la porte. Elle n'avait point de fierté mal placée. Comme elle avait la bonne habitude de sommeiller un peu, chaque jour après son déjeuner, elle s'endormit tout de suite pour ne point changer ses heures.

Charlotte parlait tout bas.

Au bout de trois minutes, Mme Chanut, qui avait d'abord repris son ouvrage, le déposa sur le guéridon.

Elle ôta ses lunettes pour mieux regarder Mlle d'Aleix.

Celle-ci, éclairée en profil perdu par la fenêtre, ouverte derrière elle, essuya furtivement une larme qui brillait en roulant sur la pâleur de sa joue.

Elle était merveilleusement belle dans cette tristesse qu'on devinait étrangère à sa nature. Il y avait peut-être longtemps que le rire des enfants heureux n'avait joué autour de cette adorable bouche, mais il en restait je ne sais quels vestiges, effacés à demi, et sous le poids d'un souci, trop lourd pour tant de jeunesse, l'ancienne gaieté perçait, tout éclairée de vaillance.

La noble vaillance de la femme qui ne désespère jamais.

Trois autres minutes se passèrent. Mme Chanut, qui écoutait Charlotte avec une attention croissante, lui prit les deux mains et dit :

— C'est pour vous que mon Vincent s'est mis aujourd'hui en campagne. Il y a plus de vingt ans qu'il a été mêlé, pour la première fois, à cette histoire de la famille de Sampierre. C'est un cœur patient, et je ne l'ai jamais vu se décourager.

— Si j'avais su qu'il s'occupait de nous... commença Mlle d'Alcix.

Elle s'interrompit pour ajouter :

— Mais, je suis seule, et personne ne me conseille. Ce matin, je sens que nos heures sont comptées. J'ai appris par hasard le nom de M. Chanut, sa profession, l'intérêt qu'il porte à M. Blunt...

— De l'intérêt ! se récria la vieille dame. Ah ! c'est plus que de l'intérêt, je vous en réponds.

— Vous augmentez mes regrets, dit Charlotte.

— Mais le danger est donc bien terrible et bien pressant ! fit Mme Chanut, qui perdait tout à fait son sang-froid. Si je savais où prendre mon Vincent ! Quelquefois, il touche barre ici au moment du déjeuner ; mais l'heure est passée... Ecoutez !

Elle se leva, leste comme une jeune fille, et prêta l'oreille.

— Entendez-vous ? fit-elle.

Charlotte écouta, mais en vain. Mme Chanut traversa la chambre en courant, et en disant :

— Moi, je le reconnais dès le bas de l'escalier !

Elle passa dans la pièce voisine en criant :

— Vincent ! arrive ! on t'attend !

Savta fut éveillée à demi par ce mouvement et ce bruit. Quand on troublait son sommeil du matin, elle ronflait. Elle ronfla.

— Quand même ce serait l'empereur ou le pape, répondit M. Chanut de l'autre côté de la porte, qu'il repasse ! je n'ai pas une seconde à moi !

Mais, presque au même instant, la vieille dame le poussa dans la chambre, disant :

— Ce n'est ni le pape, ni l'empereur ! regarde !

— Mlle d'Alcix ? s'écria Chanut qui marcha vers Charlotte avec empressement. Je sors justement de chez vous. Marquons un point : voilà de la bonne chance !

Il tira de sa poche une poignée de papiers parmi lesquels il choisit une très petite note qu'il garda à la main après l'avoir consultée.

Charlotte l'examinait de toute la puissance de son regard.

— Laissez-nous, mère, reprit M. Chanut, et défendez la porte.

La vieille dame disparut aussitôt, mais auparavant, elle envoya un signe de tête souriant à Charlotte. Au moment de s'asseoir, M. Chanut avisa Savta.

— Et celle-là ? demanda-t-il d'un air soupçonneux. Ah ! ah ! la dame de compagnie qui était seconde femme de chambre à l'hôtel Paléologue en 1847 ! C'est une borne. Je n'aime pas les bornes. Parlons bas... Pourquoi venez-vous ?

Il approcha son oreille tout près de la bouche de Charlotte et lui adressa de la main ce signe qui commande de chuchoter. Ils étaient presque dans l'embrasure et le bruit qui montait de la rue par la fenêtre ouverte, devait neutraliser le son de leur voix à trois pas.

— Je viens, commença Charlotte, parce que j'ai entendu parler de vous par Edouard Blunt et que...

— C'est juste ! interrompit M. Chanut. Quel gentil garçon ! Il dormait pendant mon entrevue d'hier avec capitaine Blunt, et naturellemeut, il a tout entendu. La belle dame ronfle très fort : parlons encore plus bas. Vous devez savoir toute la vieille histoire par Phatmi ?

— Phatmi ! répéta Charlotte étonnée. Je ne la connais pas.

Le front de M. Chanut se rembrunit.

— Si fait, dit-il, vous la connaissez bien, c'est celle qu'on nomme la Tartare, cité Donon. Vous lui avez fait beaucoup de bien ; si elle ne vous a rien dit, c'est quelle est contre nous... Vous savez pourtant quelque chose ?

— Je sais ce que m'ont raconté Savta et Mme la marquise elle-même. Je sais en outre ce que m'a dit M. le comte Pernola. Je crois que M. Edouard Blunt est mon cousin Domenico, mais...

— Mais quoi ? demanda M. Chanut, voyant qu'elle s'arrêtait.

— Mais, poursuivit Mlle d'Aleix d'un ton ferme, je crois savoir que, moi, je ne suis pas la fille de Michela Paléologue.

Le regard de l'ancien inspecteur se releva sur elle.

— Vous aimez votre *cousin* ? demanda-t-il encore en appuyant sur ce dernier mot.

— J'aime Edouard Blunt, répondit Charlotte, qui ne baissa point les yeux.

— Ignorez-vous que celui qu'on appelle capitaine Blunt a nom en réalité M. de Tréglave?

— Personne ne me l'avait dit, mais je le savais.

M. Chanut consulta son petit papier et questionna ainsi sous le coup :

— Quand M. le comte Pernola a-t-il quitté l'hôtel?

— Hier.

— Pour allez où?

— Je l'ignore.

— Avez-vous vu Mme la marquise ce matin?

— Non. Elle se cache de moi.

— Eliane, la fille de Phatmi, se meurt. L'avez-vous visitée hier ou aujourd'hui?

— Non. Son mari conserve de l'espoir.

— Joseph Chaix? Vous vous servez de lui?

— Je n'ai que lui dont je puisse me servir. Dois-je me défier?

— Non.

Ces paroles avaient été échangées rapidement et toujours à voix basse. M. Chanut ajouta :

— Maintenant, dites-moi tout et en toute vérité. D'après ce que je vais apprendre, je déciderai si vous devez retourner à l'hôtel de Sampierre, quitter Paris sur le champ, ou rester ici sous la garde de ma bonne mère. J'ai le droit de vous parler comme je le fais. Allez, je vous écoute.

XVII

DERRIÈRE LE PAVILLON

Cette bonne Savta était femme, en définitive, et peut-être curieuse à sa façon. Mais, en cette circonstance, nous pouvons répondre de sa discrétion : elle ronflait avec la sincérité d'un buffet d'orgues.

Mlle d'Aleix ne parla pas plus de dix minutes.

Tantôt, M. Chanut l'arrêtait, en homme qui n'a pas besoin de détails ; tantôt, il l'interrogeait, au contraire, prenant des notes sur ses réponses.

L'entrevue que nous avons racontée, entre Charlotte et le comte Pernola, s'était renouvelée trois fois. Vincent Chanut en voulut savoir les moindres paroles.

Il en fut de même des quelques mots échappés à la taciturnité de la belle-mère de Joseph Chaix.

Quant aux souvenirs personnels de Charlotte, ayant trait à la marquise Domenica et à M. de Sampierre lui-même, Chanut paraissait s'en préoccuper médiocrement.

Il demanda le signalement exact du médecin d'Italie qui était venu pour soigner la dernière maladie du jeune comte Roland.

Il épaula minutieusement la mémoire de Charlotte au sujet des relations nouées avec tant de précipitation entre Domenica et la belle baronne Laure de Vaudré.

En parlant de celle-là, Mlle d'Aleix dit :

— Elle me fait peur, et j'aurais voulu l'aimer.

Quant elle eut achevé, M. Chanut appuya sa main contre son front plissé. Il songeait profondément.

Mme Chanut entrebâilla la porte pour dire :

— La petite voisine qui travaille pour ce gros M. Preux a ouvert chez elle. Méfiez-vous, quand vous traverserez le carré !

La porte se referma. M. Chanut pensa tout haut.

— S'il pesait seulement cinquante kilos de moins, ce monstrueux coquin nous ferait bien de la misère ! Pourquoi ne m'avez-vous pas dit que vous l'aviez consulté, princesse ?

— J'avais honte, répondit Charlotte. Je ne l'ai vu que deux fois. Je savais que le comte Pernola se servait de lui : j'ai voulu savoir...

— Et vous n'avez rien su, interrompit Chanut qui se leva. Je ne vous blâme pas. Il y a des positions où un saint s'adresserait au diable. D'ailleurs, je suis là, Dieu merci... Vous allez retourner à l'hôtel. Quelqu'un y veillera sur vous. Si Joseph Chaix vous manquait, donnez vos ordres à Lorenzin...

— C'est le valet de Pernola ! s'écria Charlotte effrayée.

— Et dites-lui, continua M. Chanut : « M. Vincent vous souhaite le bonjour. » Là-bas, chez le marquise de Sampierre, faites bien attention à ceci, vous êtes *chez vous* aussi parfaitement que si vous étiez la fille de Michela Paléologue, et le comte Pernolà le sait bien. Il avait ses raisons pour souhaiter votre alliance... où votre mort. Il se passera de l'une et de l'autre, s'il plaît à Dieu. Quand vous allez revoir Edouard Blunt...

— Ah! je ne le reverrai jamais! s'écria Charlotte qui éclata tout à coup en sanglots.

— Pourquoi cela? demanda Chanut étonné

— Il aime cette femme de Ville-d'Avray! Elle est si belle! je sais tout. Il l'aime! il l'aime!

— Qui vous l'a dit?

— Une lettre.

— Anonyme?

— Qu'importe, si elle ne me ment pas? Édouard devait venir hier soir. La lettre m'a dit: il ne viendra pas... il n'est pas venu!

Ses joues étaient baignées de larmes.

Vincent Chanut avait aux lèvres un bon sourire.

— Quand vous allez le revoir, continua-t-il, comme si de rien n'eût été, gardez-le. C'est ici votre rôle et vous saurez le jouer, j'en suis sûr. Cette femme a beau être belle, il n'y a pas au monde de plus chère enfant que vous. Celui qu'Edouard appelle son père vous adorera. Vous serez non seulement le salut, mais le bonheur de tous.

Il souleva la main de la jeune fille jusqu'à ses lèvres, puis il ajouta en consultant sa montre:

— A l'heure qu'il est, Edouard doit vous attendre à votre rendez-vous, derrière le pavillon..

— Quoi ! balbutia Mlle d'Aleix stupéfaite, vous savez !...

— Ne l'accusez pas, il ne m'a rien dit, mais mon métier est de tout savoir. Vous m'avez bien entendu : il faut garder Edouard là-bas, près de vous, à tout prix !... Eveillez la bonne dame.

Il ne fut pas besoin d'éveiller la bonne dame. Son sommeil finit tout à coup dans une de ces explosions qui font éclater les ronfleurs comme des chaudières. Elle détonna violemment et sauta sur sa chaise en ouvrant les yeux épouvantés.

— Venez, lui dit Charlotte.

Elle se leva chancelante et vit, comme en un rêve Mme Chanut embrassant Charlotte dans la chambre d'entrée.

Sur le carré, on entendit chanter la petite voisine, dont la porte était grande ouverte.

La petite voisine pour qui Mme Chanut avait dit : Méfiez-vous !

En bas, il y avait trois fiacres le long du trottoir étroit : celui de Charlotte, celui de M. Chanut commandé par Chopé, et un troisième qui était vide.

Vincent Chanut jeta un regard à ce dernier en grommelant :

— La petite voisine va aller au rapport, cité Donon, tant mieux !

Puis, conduisant galamment Mlle d'Aleix jusqu'à sa voiture, il ajouta :

— Veillez de près, ayez bon courage et surtout ne pleurez plus. Vous me reverrez ce soir.

— Où donc ? demanda Charlotte.

M. Chanut se pencha jusqu'à son oreille et dit :

— Au bal. Vous y aurez encore d'autres surprises :

Et comme la jeune fille l'interrogeait d'un regard étonné, il ajouta en riant, mais non sans une certaine suffisance naïve :

— Oh ! quand je m'y mets, j'ai l'air d'un homme du monde... Cocher, conduisez ces dames à l'hôtel de Sampierre.

— Et nous ? fit Chopé.

— Rue Saint-Guillaume, au galop !

Il y avait un « lac » dans le parc de Sampierre et ce lac était entouré par un portique en ruines, copié sur celui du parc Monceau. L'ancienne et illustre maîtresse de ce domaine aimait les vénérables débris du temps passé qu'on fabrique avec du plâtre neuf, souillé à la main, comme les enfants domptent la fougue de leurs coursiers de bois à roulettes.

Le lierre s'entrelaçait aux arceaux rompus, montrant çà et là des statues qu'on avait mutilées avec goût.

Je ne dis pas cela pour prêter à rire. La mode est une reine. Autour de son trône brisé, une mélancolie reste, même quand les morceaux en sont de carton.

Bien entendu, cette autre vogue du temps de Louis-Philippe ne manquait point : le fameux mausolée avec l'urne et la bandelette de marbre où se lit, gravée, une phrase froide de madame de Staël...

Mais la nature se vengeait tout à l'entour, grandissant et embellissant ces puériles fadeurs. Nous l'avons dit : ce lieu était abandonné. Les charmilles qu'on ne taillait plus jetaient en tous sens leur branchages robustes, tel buisson de lilas était devenu forêt et partout la chevelure des lianes pendait en sombres draperies.

Entre le « lac » et le pavillon Roland, un bosquet de tilleuls splendides aux troncs largement espacés et plantés en quinconce suspendait ses voûtes de verdure. Les arbres, plus jeunes que ceux des Tuileries et non moins vigoureux, avaient tous la même hauteur, balançant leurs premières feuilles à trente pieds du sol et recouvrant un sous-bois composé de troënes clairs semés.

Là, un banc de vrai granit, tout noir d'ombre, disparaissait sous la mousse, adossé qu'il était aux roches de « la grotte. »

Vous n'espériez pas qu'on eût oublié la grotte? Une superbe grotte avec blocs de Fontainebleau, rivière perdue, stalactites et buste de Jean-Jacques Rousseau regardant patiemment le doux médaillon de Bernardin de Saint-Pierre.

Ici, nous devons rappeler une particularité qui a son importance. Toute cette partie du parc, voisine du pavillon, était entourée d'une grille à hauteur d'appui comme celle qui protège, au bois de Boulogne, la prairie réservée aux antilopes.

Etait-ce pour les quatre gazelles ? Etait-ce pour l'hôte triste qui venait de temps en temps habiter le pavillon?

La dernière hypothèse était la plus plausible, car les portes de cette grille étaient presque toujours ouvertes, et il y avait en outre plusieurs brèches, que nul ne songeait à réparer.

Sur le banc de granit, Edouard Blunt et Mlle d'Aleix étaient assis. Impossible de présenter dans un cadre plus mystérieux et plus frais, deux plus brillantes fleurs de jeunesse. Leurs mains s'unissaient, leurs yeux se parlaient ; l'amour, le bel amour des cœurs enfants, faisait auréole à leurs fronts dans une seule et même couronne de lumière.

Et pourtant, ce n'était pas les strophes du lyrisme amoureux qu'ils échangeaient dans cet asile propice. Ils causaient d'affaires.

Il est vrai que toutes les langues, même celle des affaires, parlent d'amour ou mènent à parler d'amour.

— Ordinairement, on fait fortune là-bas pour revenir en Europe, disait Edouard. Moi, avant de vous avoir rencontrée, j'avais des rêves d'avenir où je me voyais apportant dans le Nouveau-Monde une immense richesse européenne. Je savais confusément qu'un grand héritage m'appartenait. Les enfants sans parents savent toujours cela, et quand ils ne le savent pas, ils le rêvent... Mon Dieu ! Carlotta, que vous êtes belle !

— Et ne faisiez-vous pas d'autres rêves, Edouard ? n'aviez-vous pas deviné le cœur de cette pauvre femme qui est votre mère ?

— J'ai pensé souvent à mon père et à ma mère, prononça le jeune homme presque froidement.

Il voulut porter à ses lèvres la main de Mlle d'Aleix qui la retira.

— Aimeriez-vous mieux des mensonges? demanda-t-il. Nous avons déjà causé de tout cela. Les Blunt sont ma famille. J'adore la mémoire de celui qui est mort et qui était mon vrai père.

Charlotte répondit en lui rendant sa main.

— Vous avez raison. Vous aimerez bien votre mère quand vous la connaîtrez...

— Oh ! de tout mon cœur ! s'écria Edouard. Et je donnerais tout au monde, excepté vous pour l'embrasser !

— Moi ! répéta Mlle d'Aleix, dont l'accent eut une nuance d'amertume.

Elle baissa les yeux et reprit :

— Pourquoi vouliez-vous porter la fortune de votre famille en Amérique ?

— Parce que je connais l'Amérique. Il y a des misères mortelles, mais factices, aussi aisées à guérir que les misères de votre vieille Europe sont, à ce qu'il semble, incurables. Ce sont des milliers d'êtres humains dépaysés, jetés dans le désert par le crime des spéculateurs Yankees et succombant à leur détresse au sein des plus riches contrées qui soient en l'univers. Chacune de ces têtes condamnées ajoute quelques dollards à l'inventaire des comptoirs américains qui font la traite des blancs en Allemagne, en Irlande et en France. Ce n'est pas comme chez vous où le fonds manque : ici le fonds abonde, il est inépuisable. L'argent que la charité intelligente et résolue répandrait sur le sol de ces lieux d'exil où le désespoir s'éteint dans le blasphème rendrait la plus merveilleuse des moissons : il en naîtrait un peuple !

— Vous êtes bon ! pensa tout haut Charlotte, et vous êtes grand.

— Oh ! s'écria Edouard, en rougissant de plaisir : L'idée n'est pas de moi ; tout ce que j'ai m'a été donné par mes deux pères... Mais c'est vous qui êtes bonne de comprendre cela. Chaque fois que j'en ai parlé, on m'a ri au nez sans miséricorde !... Qu'avez-vous donc, Charlotte ?

Il la regarda avec un étonnement effrayé : il avait senti la main de la jeune fille se glacer entre les siennes.

Un flux de sang remplaçait la belle pâleur de Mlle d'Aleix. Elle eut comme un sanglot, puis ses joues se décolorèrent, pendant que ces paroles tombaient de sa lèvre frémissante :

— Je ne peux vivre ainsi ! Je veux savoir ! Vous aimez cette femme... Je vous en prie, ne me trompez pas ! Ce qui me tue c'est l'incertitude !

XVIII

SOUS LES TILLEULS

Ce sont de grandes frayeurs, et ces émotions enfantines sont les plus sérieuses de la vie. Charlotte chancela si fort qu'Edouard fut obligé de la soutenir dans ses bras.

Et s'avez-vous ce qu'il disait au lieu de la rassurer d'un mot ? Il ne voyait que l'aveu échappé à cette chère bouche pâlie. Le bonheur montait en lui comme une ivresse, et il balbutiait sans avoir conscience de ses paroles :

— Merci ! Ah ! vous êtes donc jalouse. Charlotte ! jalouse de moi !

Ses yeux rayonnaient l'amour sans bornes, l'amour naïvement triomphant.

Mlle d'Aleix ne voyait point cela ; ses paupières s'étaient fermées.

Et pourtant, de belles nuances roses revenaient doucement à ses joues.

Mais elles veulent être abondamment rassurées. Charlotte répétait en un mouvement charmant :

— Je vous en prie, ne mentez pas !

— Et pourquoi mentirais-je ? s'écria enfin

Edouard. C'est vrai que je ne savais pas encore tout à l'heure à quel point je vous appartiens. Regardez-moi, Charlotte, vous verrez bien que je dis la vérité : jamais je n'ai aimé que vous, jamais je n'aimerai que vous !

Elle souriait déjà, mais elle ne rouvrait pas encore les yeux.

Il fallut, pour relever ses paupières, le souffle même d'Edouard, dont la bouche effleurait presque ses lèvres.

Elle se renversa si belle, qu'il ressentit comme une douleur dans la joie qui gonflait sa poitrine.

— Vous la connaissiez avant moi, dit-elle encore; vous m'avez refusé quand je vous ai prié de ne plus la voir...

— Vrai, fit Edouard, est-ce que vous avez peur d'elle !

— Hier enfin, continua Mlle d'Aleix, hier au soir, vous m'aviez promis de venir...

— Ah ! s'écria Edouard dont la physionnomie changea subitement, ce n'est pas elle qui m'a empêché de venir hier au soir !

On aurait dit qu'il avait peine à s'empêcher de rire.

— Soyons justes, reprit-il; quand je veux vous dire comme je vous aime, vous me coupez la parole pour me parler de mon père, de ma mère, de ma cicatrice qui vaut des millions, de mes paysans de Valachie et de mes palais de Sicile...

— Il faut bien que je vous parle de tout cela, mon cousin ! fit Charlotte qui soupira gros, mais que ga gnait la gaieté contagieuse de ce beau regard clair et franc, fixé sur elle avec des candeurs de sauvage ou de chevalier. C'est mon devoir, je l'accomplis.

— Et dès que je me mets à écouter vos récits des *Mille et une Nuits*, poursuivit Edouard, vous faites semblant de ne plus savoir si je vous aime. Comment m'y prendre alors ?

Il réchauffait la main de Charlotte contre son cœur, et un instant les boucles de leurs cheveux se mêlèrent.

— Il faut vous excuser mieux que cela, monsieur, dit Charlotte. Ce que je veux, ce n'est pas qu'on me parle d'amour.

Et comme son cousin l'interrogeait du regard, elle ajouta tout bas, dans un radieux sourire :

— Ce que je veux c'est qu'on m'aime !

Sa taille flexible glissa entre les doigts d'Edouard, mais non pas avant qu'il l'eût pressée contre sa poitrine.

Elle le tint à distance désormais, disant avec toute la gravité voulue :

— Plaidez votre cause, monsieur !

— Eh bien ! répondit Edouard, je ne sais pas si c'est pour n'en pas perdre l'habitude, mais je suis attaqué dans Paris presque aussi souvent que là-bas, au Mexique...

— Vous avez encore eu à défendre votre vie ! s'écria Charlotte qui se rapprocha.

— Bon ! vous voilà déjà toute pâle ! Savez-vous ce qui serait le meilleur et le plus sage, Charlotte, mon adorée chérie ? Au pays d'où je viens et où nous retournerions ensemble, nous serions si heureux et si tranquilles ! Qu'ai-je besoin de continuer cette partie dont l'enjeu n'est rien pour moi ! Les millions, je m'en moque ! Je ne tiens qu'à vous, je ne veux que vous...

— Et capitaine Blunt ? interrompit Mlle d'Aleix en riant à son tour.

— C'est vrai... nous lui écririons, et il nous rejoindrait.

— Et votre mère que nous aimerons de la même tendresse ! votre mère dont vous êtes tout le cœur !

— Oui, ma mère, c'est vrai encore. Je me sens tout remué quand ce mot-là est prononcé par vous... Hier au soir donc, j'étais un peu en retard pour notre rendez-vous, parce que capitaine Blunt, à lui tout seul, est autour de moi comme une garnison. Quand je suis arrivé à la petite porte du parc qui donne sur la cité Donon, Joseph Chaix n'était plus à son poste... Et il ne faut pas lui en vouloir, car sa pauvre petite femme est bien malade, et il avait couru chez le médecin... J'ai attendu un bon moment, puis, je me préparais à entrer dans la maison de Joseph où je voyais de la lumière, quand un homme est venu sur moi, un jeune homme qui sortait de l'ombre de la masure voisine. Il faisait noir. Je voyais que sa tête penchait sur son épaule droite. Il m'a dit, et j'ai reconnu tout de suite un anglais, quoiqu'il eut très peu d'accent : « Que faites-vous là, M. Blunt ? » et avant que j'eusse répondu, il m'a porté un coup de poing, et très pur, entre les deux yeux. Je n'aurais pas eu le temps de parer, j'ai baissé la tête. Il a grogné, disant : « C'est bien joué, » et tombant en garde de boxe, il a redoublé.

— Mais pourquoi ? demanda Charlotte.

— Vous allez voir, répondit Edouard qui s'animait en racontant. Avant de frapper le premier coup, moi, je lui ai demandé : « Ne vous trompez-vous point, mon ami ? » Il m'a répondu par une série si régulièrement détachée qu'on aurait dit un feu de peloton. J'ai paré, je connais le jeu de ceux de Londres, et, prenant mon temps, je l'ai touché au creux de l'estomac. Il a reculé sans rien dire. J'ai repris : « Est-ce de l'argent qu'il vous faut ? » Il est revenu et j'ai vu quelque chose qui brillait dans sa main. C'est rare chez les Anglais, mais pourtant ça arrive. Il n'y avait plus à plaisanter, j'ai évité le couteau...

— Le couteau ! répéta Carlotta qui n'avait pas compris tout de suite.

— Et j'ai assommé l'homme, conclut Edouard Blunt en la recevant pour la seconde fois dans ses bras.

— Ils sont trop ! murmura-t-elle, et vous ne pourrez pas toujours vous défendre.

— Ah ! mais si fait, chérie ; c'est mon métier, cela ! ma vie entière en a été l'apprentissage. C'était le tout d'être averti. Et pourtant, je suis bien de votre avis : Paris est beaucoup moins sûr que le pays des Peaux-Rouges. Comme je vous emporterais dans mes bras, toujours courant, si vous vouliez !...

— Mais après ? interrogea Charlotte qui tremblait.

— C'est juste. Défense de parler raison, à ce qu'il paraît? Et pourtant, si vous me laissiez une bonne fois vous montrer le fond de mon cœur, vous ne pourriez plus me désoler par vos reproches... Eh bien! après, il n'y a pas grand chose. Au moment où je me penchais vers mon nouvel ami, qui avait bien en effet dans la main droite un bon couteau anglais d'excellente qualité, un bruit de pas précipités s'est fait dans la ruelle et l'aveugle, la Tartare, comme ils l'appellent, a paru au seuil de sa porte en disant : « Pas de bruit, notre Eliane s'est endormie.» Je me suis alors glissé jusqu'au saut de loup, car on m'aurait reconnu et j'avais crainte de vous compromettre. J'avais vu, du reste, que mon boxeur n'était qu'étourdi.

— C'était le médecin qui arrivait? demanda Mme d'Aleix.

— Oui, avec ce bon Joseph.

— Et c'est bien certain que vous n'avez pas été blessé, cette fois?

— Pas une égratignure!... Le docteur a failli culbuter en donnant du pied contre mon Anglais, et il a dit : « Ah! ça, on se massacre donc tous les soirs, ici! » Il a ajouté après avoir examiné le corps : « Un maître coup de poing; son couteau ne lui a pas servi! »

— Est-il entré voir Eliane?

— Attendez donc. Il y a un petit coin curieux dans mon histoire. Ne me le gâtez pas, j'y tiens. Je souriais tout à l'heure quand nous avons parlé de la fameuse cicatrice que j'ai le bonheur de porter et qui vaut, selon vous, plusieurs millions de revenus : vous allez voir pourquoi je souriais. Vous rappelez-vous le geste que fit l'aveugle (c'est vous qui me l'avez rapporté) pendant que j'étais évanoui dans sa maison, l'autre soir ? Elle s'approcha de moi, sa main tâta rapidement ma figure puis ma gorge. Ce fut ce mouvement qui dirigea vos yeux vers le bienheureux endroit où je tiens mon acte de naissance, ordinairement caché sous ma cravate...

— Edouard, interrompit Charlotte, je vous en prie, ne raillez pas cela !

— Comme vous voudrez, princesse. Et pourtant, cet obstiné fonds de gaieté que j'ai gardé malgré tout dans ces pays d'or où l'on ne rit guère, est peut-être aussi un acte de naissance, ou tout au moins de patrie qui en vaut bien un autre... Mais voilà où j'en voulais venir. Le docteur et Joseph sont entrés dans la maison. L'aveugle a franchi alors rapidement la distance qui la séparait de mon Anglais, et s'est agenouillée près de lui. Elle a fait pour lui comme elle a fait pour moi, exactement le même geste : sa main a passé sur le visage et s'est arrêtée au cou...

— Et alors ?

— Elle s'est relevée chancelante, et j'ai cru entendre qu'elle murmurait : « C'est lui ! » En ce moment, le docteur et Joseph sont ressortis avec de la lumière. J'ai pu voir mon homme, qui est un tout jeune gars de jolie figure, et portant au cou, cela, je vous l'affirme très sérieusement, le même acte de naissance que moi.

— Comment ! une cicatrice ?

— La même cicatrice, exactement !

Charlotte fixait sur lui ses grands yeux étonnés. Il y eut un silence, après quoi la jeune fille demanda :

— Et ensuite ?

— Il s'est passé une grande heure, répondit Édouard, avant le départ du médecin, car la petite malade s'est éveillée. J'ai pensé que vous n'étiez plus au rendez-vous...

— Et comme vous aviez un autre rendez-vous... interrompit Mlle d'Aleix.

— Non, sur ma parole ! Et je ne veux plus qu'aucun nuage subsiste entre nous à ce sujet, Charlotte, je sens si bien que la jalousie me ferait mourir ! Le hasard avait noué cette liaison, et, certes, j'éprouve une véritable reconnaissance pour la charmante femme qui m'a témoigné tant de sympathie. Mais le sentiment qui nous rapproche n'est pas ce que vous croyez ; elle sait que je vous aime ; le charme que j'éprouve dans son entretien naît de vous...

— De moi ! se récria la jeune fille.

— Nous parlons de vous sans cesse.

— Elle me connaît donc ?

— Jugez-en !... Il y a trois jours, j'étais encore timide près de vous, au point de n'oser vous faire part du désir que j'avais d'assister à votre fête de ce soir.

Il hésita. Mlle d'Aleix lui saisit le bras et le regarda en face.

— Vous me cachez quelque chose ! dit-elle à voix basse.

— Eh bien, oui, répondit Edouard, ou du moins j'ai gardé jusqu'ici près de vous une portion de mon secret; Mme Marion m'avait parlé de ma naissance avant vous. Tout ce que mon père Blunt me dissimule, elle me l'avait dit. C'est par elle que j'ai connu le drame inouï qui entoura mon berceau, et quand le nom de celle que j'aime, votre nom, Charlotte, est tombé de mes lèvres, j'ai vu son émotion profonde, avant même qu'elle eût prononcé le mot Providence.

Mlle d'Alcix avait les yeux baissés et semblait réfléchir.

— Alors, dit-elle, cette femme connaît Mme la marquise de Sampierre ?

— Ah ! je crois bien ! s'écria Edouard. Du jour au lendemain, elle m'a procuré la lettre d'invitation que je n'osais pas vous demander !

XIX

LA GROTTE

Charlotte était de plus en plus soucieuse. Elle demanda tout à coup :

— Pourquoi ne m'avez-vous pas dit le vrai nom de cette femme ?

— Comment ! son vrai nom ! répéta Edouard étonné.

— Elle s'appelle Mme la baronne de Vaudré, dit Mlle d'Alcix : pourquoi la nommez-vous Mme Marion ?

Avant qu'Edouard pût répondre, des pas sonnèrent sur le sable de l'allée voisine, et Joseph Chaix entra dans le bosquet en courant.

— Voici la femme de chambre ! dit-il. Ils arrivent tout droit sur vous !

Cette forme de langage donnait bien à penser que Mlle Coralie n'était pas seule à errer sous les ombrages.

En même temps, du côté opposé on put entendre des éclats de voix et des rires.

Charlotte prit Edouard par la main et l'entraîna vers la grotte où ils disparurent tous les deux, au moment où Mlle Coralie et le jeune chasseur, répondant au poétique nom de Werther, engagés dans une conversation cordiale, faisaient leur apparition au coude de l'allée.

C'était un peu avant le déjeuner. Lorenzin et Zonza n'avaient pas encore porté à l'office la consigne qui interdisait l'approche du pavillon.

Mlle Coralie et son jeune homme, poursuivant leur entretien commencé, vinrent prendre place sur le banc. Les voix et les rires s'éloignaient. On jouait là-bas à la « tape » entre camarades des deux sexes, dans les buissons. Après tout, c'était une heureuse maison que l'hôtel de Sampierre.

— Les maitres sont bêtes comme leurs pieds de permettre ça ! dit Mlle Coralie avec le propre geste de Marguerite de Bourgogne caressant la chevelure de Gauthier d'Aulnay, dans la *Tour de Nesle ;* ce n'est pas moi qui souffrirais des inconvenances pareilles de jeux de mains, jeux de vilain, si j'avais des domestiques à moi. Il y a donc folie de te faire du mal par jalousie pour le capitaine d'habillement, c'est une petitesse puisqu'il agit bien : j'ai eu pas mal de lui, ce mois-ci, et pour l'huissier des Finances, si on avait un débit de tabac, bien situé, eh ! amour ? embrassez la dame ! Il m'a promis le débit : ça n'attaque pas l'honneur.

Werther d'Aulnay embrassa la dame ; il était Prussien et fort comme un Turc sur l'honneur. La reine Coralie reprit :

— Par suite de mon éducation première, je pourrais me mettre chez des Anglaises pour les perfectionner dans ma langue maternelle ; mais ici, on n'est pas contrarié pour aller dehors et ça hâte notre établissement dans le commerce. Tu dois toujours avoir devant les yeux, que je t'ai choisi dans une situation pas avantageuse, sans intérêt, rien que pour l'agrément physique et l'instinct du cœur ; par suite de quoi, si tu vas avec l'une ou l'autre, vous êtes dans votre tort, et j'appelle ça une crasse, tandis que moi, c'est pour toi. Embrassez la dame. Voilà la cloche du déjeuner... à moins que tu tomberais sur une occasion bourgeoise, d'un certain âge, et que tu pourrais me dire aussi toi, en me mettant l'avantage dans la main : « J'ai eu ça et le cœur te reste. »

Ils s'en allèrent, les bras entrelacés, jeunes et beaux tous les deux, et ressemblant à s'y méprendre à des créatures humaines !

Quand ils furent partis, le bosquet resta désert. Edouard et Charlotte ne revinrent point.

On connaît de terribles histoires : des gens noyés tout au fond des entrailles de la terre. Dans les galeries souterraines de Maëstricht, cette ville-sépulcre qui est percée de onze cents rues, j'ai ouï conter, sur le lieu même de la catastrophe, par un cicerone atrocement éloquent, la fin de ce chanoine d'Aix-la-Chapelle qui brûla deux paquets de chandelles avant de mourir, damné par le désespoir. Ne craignez rien de semblable pour Edouard et Charlotte. Le souterrain de Sampierre avait coûté beaucoup d'argent, mais on aurait pu le parcourir avec une de ces bougies qui s'allument et s'éteignent trois fois pendant la durée d'une enchère à l'hôtel des ventes. Au bout de quelques pas, Edouard s'arrêta.

— Pourquoi avez-vous prononcé ce nom : Mme la

baronne de Vaudré? demanda-t-il. Je ne connais pas cette personne.

— Je vais tout vous dire, répliqua Mlle d'Aleix, venez.

Ils marchèrent encore. Du temps où il menait la vie des chercheurs d'or, Edouard avait rampé dans ces prodigieuses cavernes des Cordilières, creusées par de gigantesques ébranlements, et au fond desquelles, parfois, un boyau, juste assez large pour laisser passer le corps d'un homme, donne accès dans des salles, — dans des plaines plutôt, où l'on pourrait cacher une armée. Il ne s'était pas plaint. La question est de savoir si nos grottes, civilisées et voûtées à grands frais, ne sont pas, dès qu'on cesse d'y faire le ménage, beaucoup moins habitables que les cavernes du désert.

Dans cette atmosphère lourde et moisie, les ténèbres gênaient. Explique la chose qui voudra : tel qui braverait des tanières de tigres se fâche contre le sol visqueux de ces caves dont la nature est dénoncée par l'odeur des rats.

— Où allons-nous donc par cette abominable route? dit Edouard.

Il riait. Mlle d'Aleix lui répondit sérieusement :

— Nous aurions pris cette route, dans tous les cas, et lors même qu'on ne fût point venu nous troubler. Elle conduit à un lieu où nous devions nous rendre.

A mesure qu'on avançait, la nuit devenait plus profonde. Le sol qui, d'abord, avait descendu, remontait.

Au milieu de l'obscurité complète, Edouard aperçut une ligne faiblement lumineuse, et presque aussitôt après, une clé grinça dans une serrure rouillée.

La grotte s'éclaira parce que Charlotte avait ouvert une porte. Ce n'était plus qu'un simple chemin couvert, aux murs non crépis, comme les couloirs de nos celliers.

En se retournant, on pouvait voir les dernières stalactites, pendues à l'entrée de la galerie, où se desséchait le bassin, et toutes luisantes par l'humidité des infiltrations. Calypso n'aurait décidément pas choisi ce séjour pour entraîner Télémaque hors des saines influences de Mentor.

La porte ouverte donnait accès dans une petite chambre d'apparence rustique qui participait aux odeurs et à la température du souterrain.

Il y avait un lit de camp vis-à-vis de la porte.

— Qui peut coucher là ? demanda Edouard.

— Ce fut moi, répondit Mlle d'Aleix.

Et comme son compagnon la regardait avec étonnement, elle ajouta :

— Nous ne sommes pas encore arrivés.

La petite chambre s'ouvrait sur un corridor assez large dont un côté avait trois fenêtres qui laissaient voir des massifs de lilas et de loniceras très touffus, mais mal entretenus. Au delà de ces massifs, on apercevait les grands troncs des tilleuls sur la gauche, et à droite la principale avenue conduisant de l'hôtel à la rue de Babylone.

Le corridor avait plusieurs portes situées en face des fenêtres. Il se terminait par un mur plein, recouvert d'une boiserie de chêne.

— C'est par là que j'entrais, dit Charlotte en montrant la boiserie.

Sa physionomie avait changé du tout au tout. Il y avait en elle une grave et profonde tristesse.

Edouard l'interrogea encore des yeux. En apparence, il n'y avait là aucune issue.

— Que vous entriez où ? murmura-t-il.

Au lieu de répondre, Mlle d'Aleix tourna le bouton de la porte qui faisait face à la troisième et dernière fenêtre.

— Ici, dit-elle, parlant à voix basse et paraissant suivre une idée fixe : ici, couchait le médecin qu'on avait fait venir de Sicile.

Elle mit son doigt sur sa bouche, comme si elle eût voulu prévenir d'autres questions.

C'était une grande chambre-bibliothèque, entièrement entourée d'armoires vitrées que surmontaient des bustes de bronze antique.

Mlle d'Aleix la traversa sans s'arrêter et entra dans une seconde chambre, également vaste, qui donnait sur un vestibule au-delà duquel était le perron.

Le perron du Pavillon-Roland. Le lecteur avait deviné d'avance le lieu où nous l'avons conduit.

— Ici, dit Charlotte, M. le comte Pernola veillait.

Elle ouvrit successivement la porte du vestibule et celle du dehors en ajoutant :

— Regardez bien et souvenez-vous. Vous aurez peut-être besoin, sous peu, de savoir les êtres.

— Mais, s'écria Edouard, je ne sais pas même où je suis et je ne comprends rien à tout ce que vous dites.

— Vous allez comprendre, répliqua Charlotte qui revint sur ses pas. Je ne laisserai rien dans l'ombre.

Elle ramena Edouard dans la pièce qui précédait le vestibule, celle « où M. le comte Pernola veillait », pour employer ses propres paroles. Dans cette pièce, à droite en entrant, se trouvait une porte à deux battants, drapée avec une certaine pompe.

Mlle d'Aleix tourna le bouton de cette porte.

— Entrez, dit-elle, nous sommes arrivés, cette fois

Ils étaient dans la longue chambre, éclairée par quatre fenêtres, où nous assistâmes naguère à l'entrevue du marquis Giammaria et de son fidèle cousin, le comte Pernola.

Seulement, le lecteur ne doit pas oublier que nous avons repris en sous-œuvre les événements de cette journée : Edouard et Charlotte arrivaient là les premiers. La berline qui devenait amener bientôt M. le marquis de Sampierre était encore en route.

Le soleil de midi entrait en plein par les deux fenêtres ouvertes sur les massifs. Tout était lumière entre ces boiseries blanches, vêtues de draperies perlées.

— C'est propre, dit encore Mlle d'Aleix : je fais le ménage moi-même tous les jours. Jamais je n'y manque. D'ailleurs, Lorenzin et Zonza, les valets de Pernola, sont venus ce matin.

Puis elle ajouta :

— C'est ici que Roland-Maria Sampiétri, comte de Sampierre, a vécu et qu'il est mort la veille du jour où il aurait atteint sa vingtième année.

D'un geste involontaire, Edouard Blunt se découvrit.

Charlotte le prit par la main et le conduisit jusqu'au milieu de la chambre.

Elle l'arrêta en face de la glace.

Du doigt, elle lui montra l'un après l'autre ces étranges portraits que nous avons décrits déjà et qui semblaient jetés sur la toile par la main d'un apprenti, doué de je ne sais quelle puissance mystérieuse, créant naïvement, grossièrement même, mais énergiquement, la vérité et la vie.

Charlotte dit :

— Voici votre mère.

Edouard regarda sans parler.

Il était pâle et son cœur battait avec violence.

Charlotte souleva le voile qui couvrait le second portrait et poursuivit :

— Voici votre père.

Edouard ne parla point encore.

Le doigt de Charlotte désigna le troisième portrait, pendant qu'elle ajoutait :

— Voici votre frère.

En même temps, elle se tourna du côté de la glace, en disant :

— Vous l'avez regardé ; regardez-vous.

— Je lui ressemble, murmura Edouard, comme malgré lui.

Puis ses yeux se tournèrent vers le quatrième cadre : celui qui était vide.

— C'est vous ! dit Mlle d'Aleix, répondant à ce regard : vous, mon cousin et mon fiancé, Domenico-Maria Sampierre, prince Paléologue et comte de Sampierre.

XX

LA MORT DE ROLAND

Quelques minutes s'étaient écoulées. Dans la chambre aux quatre portraits, Edouard et Charlotte causaient, assis l'un auprès de l'autre sur les sièges où devaient prendre place une demi-heure plus tard le marquis Giammaria et Pernola.

Rien n'avait changé autour d'eux, sauf ce détail que le voile noir recouvrait de nouveau la peinture qui représentait M. le marquis de Sampierre.

— ... Le portrait qui devait être là et qui est le vôtre, disait Mlle d'Aleix, désignant le cadre vide et poursuivant l'entretien commencé, ne quitte jamais M. de Sampierre. Il l'emporte avec lui quand Pernola le reconduit dans sa maison de santé. Quand son état permet qu'il revienne, il le rapporte au fond de sa malle, exactement calculée pour le contenir. C'est une enigme que cette toile. La cicatrice y est et parfois la cicatrice redevient blessure ; blessure toute fraîche dont les lèvres entr'ouvertes saignent. Il y a des choses que je ne sais pas, d'autres que je sais et que je ne comprends pas. Parfois, il me semble que je devine, et alors, j'ai peur de la lumière qui se fait en moi.

Elle s'arrêta, pensive. Edouard demanda :

— Celui que vous appelez mon frère a été aussi assassiné ?

— Celui que j'appelle votre frère, répliqua Charlotte, était votre frère, j'en fais serment. Nous allons parler tout à l'heure de ces jours de deuil. Finissons ce qui vous concerne. C'est M. de Sampierre qui a peint son fils aîné, sa femme et lui-même. Il sait peindre comme il sait tout faire : très mal et à la fois très bien. Roland est frappant ; j'ai bien souvent pleuré en le regardant ; la marquise est parlante, et il semble que mon oncle Giammaria vive dans ce cadre. Quant à votre portrait, à vous, on dirait qu'il est pour beaucoup désormais dans la maladie mentale de votre père. La préoccupation principale du marquis est d'effacer sans cesse ce portrait pour le refaire toujours. La dernière fois qu'il est venu, la toile restait brouillée pendant des semaines entières ; j'entends qu'il y avait un nuage informe entre la poitrine et la chevelure, car les cheveux ni le corps ne changent jamais. Mais, de temps en temps, je trouvais le nuage balayé, et alors, vous apparaissiez sur la toile : je dis vous-même, trait pour trait, tel que je vous vois.

— Il me connaît donc ? s'écria Edouard.

— Le sais-je ?... Mais la première fois que je vous ai vu, je vous ai reconnu... Vous entendez bien : *reconnu*. J'avais regardé le portrait la veille.

Il se fit un court silence.

— En Amérique, dit Edouard, il y a des gens qui croient aux choses surnaturelles...

— Moi, je n'y crois pas, interrompit Mlle d'Aleix. C'est une énigme dont le mot doit être votre existence même dans le passé comme dans l'avenir... Arrivons à mon bien-aimé Roland dont la mort fit de moi une veuve. Edouard, je n'ai jamais eu de frère ; ne détournez pas vos yeux de moi : je pense que ma profonde affection, car je souhaitais de suivre Roland au tombeau, était celle d'une sœur pour son frère. Ce que j'éprouve pour vous, je ne l'ai jamais connu que par vous.

Edouard appuya contre ses lèvres la belle main de Charlotte.

— C'était à mon tour d'être jaloux, murmura-t-il en essayant de sourire.

Mais sa voix était troublée et une grande émotion le tenait.

— Il m'aimait de tout son pauvre bon cœur, reprit Mlle d'Aleix qui avait les yeux mouillés. La marquise m'entourait d'une tendresse toute maternelle, et le marquis lui-même ne semblait content qu'aux heures où je venais lui tenir compagnie. J'étais comme un pâle sourire dans cette maison, triste mortellement. Aussi, le cœur de cette maison battait en moi et je fus la première à m'apercevoir du malheur qui la menaçait.

J'avais deviné Pernola.

Le pavillon où nous sommes était alors habité par le marquis dont l'état mental semblait plus satisfaisant ; Roland avait son appartement à l'hôtel, auprès de sa mère.

Je m'ouvris le même jour à M. et Mme de Sampierre, au sujet des craintes qui venaient de naître en moi. Le marquis fut très frappé ; il parla, quoique je lui eusse recommandé le secret, et, quelques heures après, on l'emmenait loin d'ici, sous prétexte de crise.

Quant à la marquise Domenica, elle pleura abondamment en m'écoutant, puis elle donna fêtes sur fêtes pour distraire le malade, qui allait pâlissant et maigrissant.

Une fois, Roland me dit que son valet de chambre avait une boîte pleine de pièces d'or, cachée sur le haut d'une armoire. Je fis chassser le valet, et ma bonne Savta, qui adorait son jeune maître, le servit.

Il alla mieux dès que Savta eut remplacé le valet.

Et je crus bien qu'il était sauvé, car un grand médecin nous arriva de Sicile, le docteur Leoffanti, qui avait traité et guéri le roi de Naples. Le docteur Leoffanti éloigna Savta, mit auprès de Roland le Palermitain Lorenzin qui était un de ses aides et ordonna que Roland fut transféré au pavillon où il aurait meilleur air et moins de bruit.

M. de Sampierre n'était plus là ; Mme la marquise avait une aveugle confiance dans les prescriptions du nouveau docteur. On recommandait le calme par dessus tout et les instants où je pouvais m'asseoir au chevet de Roland étaient sévèrement mesurés. Il me dit un jour : « Si tu voulais (nous nous parlions ainsi depuis l'enfance), nous pourrions causer la nuit sans témoins, je te dirais de quoi j'ai peur. »

Ici Charlotte se leva et s'approcha de la boiserie à gauche de l'alcôve.

Elle toucha sans tâtonner le cœur de la rose sculptée et le panneau secret tourna sur ses gonds, montrant ce que nous avons vu déjà : un couloir étroit et obscur.

Dès la nuit suivante, reprit Charlotte, je m'introduisis par ce passage qui donne dans le corridor. Personne ne couchait près de Roland, qui était gardé à l'extérieur pars on nouveau valet Lorenzin d'abord, ensuite par le docteur Leoffanti et Pernola, dont vous avez vu les chambres. Ah ! il ne manquait pas de soins !

Il eut une joie d'enfant, quand il me vit, et, tout de suite, il entama ses confidences. Il n'accusait personne. Il ne savait pas bien lui-même si les terreurs venaient de la réalité ou d'un mauvais rêve engendré par la fièvre qui le prenait tous les soirs à la même heure.

Voilà ce qu'il me dit : « Dans le tourment de mon premier sommeil, quand tout le monde est parti, *il me semble*, car je ne puis affirmer que j'ai vu, il me semble qu'on change la carafe qui est sur ma table de nuit... » — « Il ne faut plus boire ! » m'écriai-je. — Il me répondit : « Quand je m'éveille, c'est du feu que j'ai dans la poitrine ; je boirais ma mort tant j'ai soif ! »

Je n'attendis pas au lendemain. Cette nuit-là même, malgré le danger des allées et venues, je me procurai ce qu'il fallait pour remplacer le contenu de la carafe et j'emportai le breuvage qui était destiné à Roland

Je dois dire que l'analyse chimique de ce breuvage ne donna aucun résultat appréciable.

L'opération fut faite trois fois, en ma présence, dans trois laboratoires différents.

Le docteur Leoffanti était un homme habile.

Et cependant, Roland reprenait vie, depuis qu'il s'abstenait de ce breuvage, La bonne marquise criait déjà au miracle. Moi, derrière la joie apparente de Pernola et du docteur sicilien, je croyais découvrir un étonnement.

La marquise Domenica était si heureuse qu'elle voulut donner une part de sa joie à son mari. Elle est très bonne. Le marquis vint. J'avais fait promettre à Roland le secret le plus absolu.

Le second soir du séjour de M. de Sampierre, quand je voulus me retirer après le dîner, il me serra dans ses bras et me dit à l'oreille : « Vous êtes notre bon ange ! Merci ! »

Il était dans un de ces instant où sa raison semble lui appartenir tout entière. Comme je le regardais effrayée, car je devinais que Roland avait parlé, il ajouta : « Il faut couronner votre œuvre, ma belle chérie. L'ange ne doit plus quitter le chevet de mon fils. Je veux que nous ayons des noces. »

Dans ma chambre, je trouvai Domenica qui m'attendait les mains pleines d'écrins. L'idée de son mari avait été discutée et approuvée en famille. Pernola en était le plus grand partisan. Domenica rêvait des fêtes de mariage comme Paris n'en avait jamais vu.

Elle me reprochait d'être froide...

Une angoisse me serrait le cœur. Roland n'était plus maître de notre secret. Je tremblais.

A l'heure ordinaire, je pénétrai dans sa chambre. La jeunesse était revenue sur son visage. C'était une résurrection. Il m'appelait sa fiancée, sa femme, et comme je voulais lui faire des reproches sur son indiscrétion, il me répondait en dévorant mes mains de baisers : « Tu seras là toujours, toujours, et je défie bien la mort de venir désormais ! »

C'est à son père que Roland avait dit notre secret ; je n'ai jamais su en quels termes. Ma conviction est qu'il mourut de cela.

Je sortis de sa chambre la poitrine oppressée.

Jamais plus je ne devais y rentrer, du moins par la même voie.

Le lendemain, vers midi, le bruit se répandit que le jeune comte était plus malade. Pernola se tordait les bras. On fit repartir M. de Sampierre

Le docteur Leoffanti déclara qu'on avait porté un coup funeste à son client. Il l'avait annoncé d'avance : toute émotion pouvait être mortelle.

On me fit défense d'entrer.

Je me croyais sûre d'apprendre au moins ce qui s'était passé ; mais, la nuit suivante, au moment où j'allais ouvrir la porte masquée, j'entendis qu'on parlait dans la chambre de mon cousin.

Ils étaient là, tous les trois et tout près de moi, de l'autre côté de la cloison, au-devant de l'alcôve, le docteur Leoffanti, Pernola et Lorenzin.

On entend très aisément à travers la porte masquée. J'écoutai pendant de longues heures ; pas une parole ne fut prononcée qui dut éveiller des soupçons.

Ce fut alors que je dressai un lit de camp dans la petite pièce qui communique avec la grotte. Ce lit me servit trois fois. Je me relevais d'heure en heure, mais il y avait toujours quelqu'un chez Roland, — toujours.

Je voulus décharger le fardeau que j'avais sur le cœur et parler à la marquise, mais au premier mot, elle éclata en larmes et me dit : « Ah ! malheureuse enfant, tu es cause que nous l'avons tué ! »

Je le revis encore une fois, cependant, le troisième et dernier jour.

J'entrai avec tout le monde quand le curé des Missions-Etrangères lui apporta le bon Dieu.

Il m'appela et me dit de sa pauvre voix que je ne reconnaissais plus : « Nous nous étions trompés sur leur compte ; ce sont de bons, de vrais amis, qui ont bien fait auprès de moi tout ce qu'ils ont pu. Giambattista Pernola est maintenant le dernier Sampietri : Charlotte, mon dernier vœu est que tu sois sa femme... »

Mlle d'Aleix se tut.

Elle appuya sa tète charmante sur la poitrine d'Edouard qui songeait. En lui, l'émotion avait été lente à naître : j'entends l'émotion de famille.

Elle était née.

La première parole qu'il prononça, redressa Charlotte comme une secousse électrique.

— Si tout cela est vrai, dit-il, et je le crois, pourquoi détestez-vous celle qui vous aime et qui m'aime, celle qui pense comme vous, celle qui a les mêmes soupçons, les mêmes tendresses, les mêmes haines que vous !

A travers leurs larmes, les yeux de Mlle d'Aleix jetèrent un éclair. Elle était debout.

— Parlez-vous de Mme Laure de Vaudré ? demanda-t-elle d'une voix que l'indignation faisait trembler.

— Je parle, répliqua Edouard Blunt, de celle qui m'a appris le nom de mon père, le nom de ma mère, le nom du meurtrier de mon frère et jusqu'à mon propre nom. Je parle de celle qui m'a dit la première : « Carlotta sera votre femme, il le faut, je le veux ! »

XXI

NUMÉRO I

La colère qui brûlait dans les yeux de Mme d'Aleix depuis qu'on parlait de cette femme à qui elle donnait le nom de Vaudré et qu'Edouard appelait Mme Marion s'éteignit tout à coup.

Le sang abandonna ses joues. Edouard crut qu'elle allait tomber, car elle chancelait, pâle comme une morte. Il voulut la soutenir entre ses bras, elle le repoussa d'un geste désolé pour se laisser glisser à deux genoux.

— Je vous ai tout dit, murmura-t-elle, dites-moi tout. Qu'importe ce que je puis croire ? qu'importent mes pressentiments ? Il s'agit de vous, il ne s'agit que de vous. Je suis prête à aimer ceux que je détestais hier, pourvu qu'il vous aiment. Mais je veux être sûre qu'ils vous aiment... Ecoutez-moi, Edouard, reprit-elle avec une tristesse persuasive : dans cette maison, j'ai fait un douloureux, un rude apprentissage. Je me laisserais guider par vous aveuglément dans ces solitudes inconnues du Nouveau-Monde, où vous saviez diriger vos pas, mais ici, à Paris, dans ce coin de Paris où se joue un drame énigmatique et inouï, j'ai un sens qui vous manque, une expérience et des instincts que rien n'a pu vous donner encore. Vous m'aviez juré que vous m'aimiez : se confier à celle qu'on aime, à celle qui donnerait sa vie cent fois pour vous épargner une douleur, n'est-ce pas juste ? Parlez, Edouard, je vous en prie !

Il l'avait relevée dans un élan d'ardente confiance, mais comme il se taisait, elle répéta d'une voix pleine de tendresse :

— Moi, il m'eût été impossible de vous rien cacher, et je vous ai tout dit.

— Sur ma parole, s'écria Edouard, je sens que vous avez raison, et après tout, le reste de l'univers n'est rien pour moi en comparaison de vous, Charlotte, mon amour adoré. Croyez bien cela par-dessus toute chose : je n'aime que vous, je ne puis aimer que vous, et je vous aime comme jamais fou n'a idolâtré son rêve. Est-ce que je sais dire ce que je tenterais pour vous ?... Mais voilà : ne me regardez pas ainsi, je vous prie, vous me feriez perdre le peu de bon sens qui me reste dans ma pauvre tête.

— Est-ce donc si difficile de parler vrai à celle qu'on aime ? demanda Mlle d'Aleix, dont le sourire appelait un baiser.

Le baiser vint, et ne vint pas seul. Et, parmi ces caresses, Edouard disait de la meilleure foi du monde :

— Eh oui, c'est difficile ! en vérité, bien difficile ! on va essayer pourtant, puisque vous le voulez. Par où commencer?... Elle a été bonne pour moi, c'est certain ; elle est venue me chercher jusqu'en un lieu où les femmes comme elles ne vont guère. Et si vous saviez comme elle avait honte d'être là!... Elle a travaillé, elle travaille encore pour moi, et je devrais être en route à l'heure qu'il est pour l'aller rejoindre...

— Ah! fit Mlle d'Aleix qui dévorait ses paroles, impatiente d'y trouver ce qu'il n'y mettait point encore, elle vous attend?

— Elle doit m'attendre, puisque j'avais promis.

— Et c'est à Ville-d'Avray qu'elle vous attend?

— Il est certain aussi, d'un autre côté, poursuivit Edouard au lieu de répondre, qu'elle a été déjà accusée devant moi, accusée gravement, d'une chose terrible, épouvantable... Mais c'est impossible! Et si absurde! Les viragos qui courent les champs d'or, là-bas, je les ai vues, je les connais. Elles lui ressemblent si peu! et l'abominable coquine qui tua mon père Jean sur le Rio-Gila aurait le double de son âge, pour le moins... Ce Chanut est un pauvre bonhomme qui gagne son argent comme il peut!

Charlotte n'osait plus interrompre. Elle laissa passer le nom de Chanut sans broncher.

— Tout cela n'empêche pas, continua Edouard, que j'ai désobéi pour elle à mon père Blunt, c'est mal... et que vous me mettez martel en tête, vous, Charlotte, à qui je crois comme en Dieu. Seulement, pour se confesser, il faut savoir, et je vais vous dire tout franchement ce qui m'embarrasse. Sans cela, parbleu! j'aurais déjà fini : Ce n'est pas l'envie qui me manque... Vous est-il arrivé d'avoir dans l'esprit quelque chose que vous croyez clair comme le jour et qui s'embrouille quand vous voulez l'exprimer? C'est mon cas. Tout à l'heure, je pensais garder un secret, maintenant, j'ouvre mon sac et il me semble qu'il n'y a plus rien dedans. Assez de préambule! comprenne qui pourra, je lâche tout! Mme Marion ne m'a pas bien expliqué les raisons qu'elle a de m'aimer, mais elle en a, et c'est très sérieux... Vous savez, si vous me regardez avec cet air consterné, je m'embrouillerai davantage... Elle est la veuve d'un homme considérable dont elle ne m'a pas dit le nom, mais de quel droit l'aurais-je interrogée? Je crois qu'elle a un profond dévouement pour ma mère, ou peut-être même qu'elle est payée par ma mère. Vous savez que ma mère a fait des recherches...

— Je sais, dit Charlotte, voyant qu'il hésitait. Vous ne vous trompez pas : Mme Marion a été, en effet, employée par la marquise.

— Elle a le moyen de se reconnaître au milieu des imposteurs... car il y a beaucoup d'imposteurs...

— C'est trop vrai!

— On en fabrique, à ce qu'il paraît des petits Domenico! Et madame la marquise, ma mère, n'a pas la tête très solide, est-ce encore vrai?

Mlle d'Aleix baissa les yeux.

— Nous sommes tous comme cela dans la famille, il faut en prendre son parti, poursuivit Edouard. Ce fut par ce M. Chanut que j'entendis parler pour la première fois des Cinq... Ce n'est pas beau d'écouter aux portes, mais j'aurais peut-être mieux fait d'écouter plus longtemps, ce jour-là. J'aurais appris... Savez-vous ce que c'est que les Cinq, vous chérie ?

— Oui, répondit Mlle d'Aleix.

— Par qui le savez-vous ?

— Par le comte Pernola. Vos ennemis se font la guerre entre eux, Edouard, et ce sera votre salût, si vous devez être sauvé.

— Les Cinq ne sont pas du tout nos ennemis, chérie, et c'est là où je vois clairement que vous vous trompez. Les Cinq sont, au contraire, mes amis, mes vrais amis.

— Qui vous le fait croire ! demanda Charlotte. Elle ? toujours elle ?

Edouard eut un sourire moitié important, moitié embarrassé.

Un instant, il retint une parole qui pendait à sa lèvre, puis enfin :

— Je suis un des cinq ! prononça-t-il tout bas, et comme on laisse tomber un argument irréfutable.

— Vous ! balbutia Mlle d'Aleix, stupéfaite.

— Je suis leur chef, appuya Edouard, jouissant de cet étonnement. L'association est fondée autour de moi et pour moi : c'est moi le n° 1 !

Les bras de Charlotte tombaient.

— Et que veulent-ils faire de vous ? dit-elle.

— L'héritier, naturellement, repartit Edouard. J'ai mon armée en cas d'embûches. Vous comprenez bien que le grand trésor est gardé ; ils m'ont prévenu que les choses n'iront pas toutes seules. Si je ne m'explique pas clairement, c'est que je perds un peu le fil. Quand Mme Marion me parlait, hier, le plan me paraissait limpide comme de l'eau de roche... Et voyez jusqu'où va ma confiance en vous : lisez cela.

Il avait ouvert son portefeuille et tendait à Charlotte un pli, non timbré à la poste.

Mlle d'Aleix l'ouvrit et lu ces mots, tracés par une main inconnu e:

« Pour le n° 1. — Convocation à Ville-d'Avray. Départ de une heure et demie. »

— Et vous comptez aller à ce rendez-vous ? demanda Charlotte.

— Parbleu ! fit Edouard en serrant son pli. Quand même je n'en aurais pas eu l'idée vous me l'auriez donnée. Depuis dix minutes seulement, je sais jusqu'à quel point Mme Marion disait vrai en accusant le comte Pernola d'être un malfaiteur.

La sueur perla sous les cheveux de Mlle d'Aleix, qui songeait à la mission que M. Chanut lui avait donnée: retenir Edouard à tout prix.

— Connaissez-vous au moins vos compagnons ? demanda-t-elle encore.

— C'est aujourd'hui que je vais faire leur connaissance

Il consulta sa montre qui marquait cinq minutes après une heure.

— Je suis en retard, dit-il, en faisant un pas vers la porte.

— Arrêtez ! cria Charlotte. Au nom de Dieu ne me quitte pas !

Et, par une inspiration soudaine, elle ajouta au hasard :

— Edouard, je vous en prie... ce n'est pas votre vie que vous jouez, c'est la mienne !

Il se retourna, elle lui jeta ses deux bras autour du cou en murmurant :

— J'ai peur. J'ai été imprudente parce que vous m'aviez promis d'être mon défenseur. Je comptais que vous ne m'abandonneriez pas quand j'ai déclaré la guerre. Pernola m'a menacée ; vais-je rester seule en face du danger ?

— Pernola est absent... voulut objecter Edouard.

Un bruit de roues se fit dans la grande allée.

Charlotte s'élança vers la fenêtre et recula, échangeant sa feinte épouvante contre un effroi réel.

A travers les troncs d'arbres, elle venait d'apercevoir ce singulier cortège qui ressemblait à un convoi funèbre : Giambattista en avant, la tête découverte, et la berline marchant au pas entre Lorenzin et Zonza.

— Le voilà ! dit-elle en revenant vers Edouard, et je crois qu'il ramène un mort !

Toute tremblante qu'elle était, elle entraîna Edouard hors de la chambre dont elle referma la porte avec soin.

Ils traversèrent en toute hâte la pièce d'entrée, puis celle où avait couché le docteur sicilien, pendant la maladie de Roland. Ils arrivèrent ainsi dans le corridor communiquant avec la grotte, assez à temps pour voir M. le marquis de Sampierre descendre de voiture devant le perron du pavillon.

Mlle d'Alcix se serra contre Edouard. Ils restèrent muets tous les deux.

Quand M. de Sampierre eut franchi le perron, Charlotte dit :

— Il n'y a qu'un instant, je vous ai montré le portrait de votre père. L'avez-vous reconnu ?

— Il a l'air doux et bon, pensa tout haut Edouard... Oui, je l'ai reconnu, quoique les cheveux noirs du portrait aient blanchi sur sa tête.

— L'homme qui l'a reçu chapeau bas, poursuivit Charlotte, est celui qui a tué votre frère.

Et sentant Edouard frémir sous cette parole, elle ajouta avec énergie :

— Domenico-Maria, ne désertez pas votre poste ! L'heure approche, je vous le dis, où vous allez avoir à combattre, non pas au loin, mais ici même, pour venger ceux qui sont morts, et pour défendre ceux qui sont en danger de mourir !

XXII

ENTRE DEUX PORTES

La-bas, dans l'armée hardie des Européens qui livrent la bataille de l'aventure, au pays d'or, entre les montagnes et l'Océan pacifique, Edouard Blunt, tout jeune qu'il était, avait des chevrons et pouvait tenir tête aux plus rudes soldats du désert. À Paris, ce n'était qu'un enfant; l'expérience la plus élémentaire lui faisait défaut et il avait été pris du premier coup par cette illusion, propre à tous les sauvages, soit qu'ils arrivent de la Patagonie ou simplement de Landerneau, illusion qui consiste à se dire : « Je devine Paris, je l'ai percé à jour d'un coup d'œil. Je suis plus fort que Paris ! »

Edouard avait eu deux grandes affections auxquelles se mêlaient une confiance et un respect sans bornes : ses pères Blunt, comme il les appelait.

La mort de John Blunt (Jean de Tréglave) était le principal deuil de son existence et il avait reporté sur capitaine Blunt toute la tendresse de son cœur. Son admiration seule égalait cette tendresse profonde.

Il faut dire aussi que capitaine Blunt était un roi

parmi les guerriers d'aventure : Achille et Ulysse à la fois, ayant du désert toutes les audaces et toutes les subtilités.

A Paris, l'affection d'Edouard tenait bon, mais le prestige avait disparu. Capitaine Blunt, dans nos rues, ne savait plus son chemin ; pour faire dix pas, il payait un guide.

Or, les échappés de Landerneau ou de Tombouctou sont tous les mêmes. Chacun d'eux ne se trompe que pour soi. Au moment précis où ils se disent dans la naïveté de leur orgueil : « J'ai deviné Paris, » ils regardent en pitié leur voisin qui n'entend goutte à Paris.

Pour Edouard, c'était une affaire jugée : Capitaine Blunt était noyé dans Paris, dont le niveau passait à cent pieds au-dessus de sa tête !

Il y avait entre le père et le fils une émulation, presque une querelle : Nous savons que capitaine Blunt, à tort ou à raison, avait laissé Edouard dans la plus complète ignorance au sujet de ses propres affaires, à lui Edouard ; il l'avait traité en petit garçon , dans une bien bonne intention sans doute, mais ce n'en était pas plus flatteur.

Quelle triomphante revanche que d'arriver un matin non-seulement avec le secret deviné, mais avec la position conquise et le droit de s'écrier : « Père, pendant que vous pataugiez, moi, je marchais, pendant que vous cherchiez, je trouvais ! »

Voilà les riches étrennes que Paris, si dur au malheureux capitaine Blunt, avait offertes à ce conquérant d'Edouard, non pas une fois, mais deux fois, et toujours par des mains adorables. Rien au monde n'était si charmant que Mme Marion, sinon Charlotte d'Aleix. Edouard n'avait que l'embarras du choix.

Dussions-nous perdre l'héritier de tant de domaines valaques et de tant de palais italiens dans l'esprit de nos lecteurs, nous sommes bien forcés d'avouer que les habiletés de fraîche date d'Edouard penchaient un peu du côté de Mme Marion. Cette frérie des Cinq, organisée mystérieusement pour le combat, avait goût de guerre indienne et l'attirait d'une façon irrésistible.

En somme, qu'avait-il vu de Paris, un coin bizarre où se nouait l'intrigue compliquée d'un roman plus chargé d'incidents et de surprises que les récits de Cooper lui-même : un roman où son imagination s'égarait dans mille routes emmêlées, au lointain desquelles il ne retrouvait, quand il regardait en arrière, que deux jalons debout : une paire de coups de couteau.

Les Cinq lui semblaient bons pour faire campagne dans ce Paris, ainsi compris et jugé, c'étaient des soldats et surtout des guides.

Mais sous l'ignorance de l'enfant dépaysé il y avait un esprit droit et un cœur vaillant. Le devoir était ici, du même côté que l'amour. Edouard donna un soupir de regret aux savantes combinaisons de la châtelaine de Ville-d'Avray et se résigna à manquer le train.

Il se devait à Charlotte menacée.

Avant même que M. le Marquis de Sampierre,

conduit par Pernola, eût fait son entrée dans la chambre aux portraits, Mlle d'Aleix, revenue dans le corridor avec Edouard, toucha la boiserie du fond, à un point que rien ne désignait d'une façon apparente : la boiserie s'ouvrit aussitôt, montrant le couloir obscur que nous avons vu déjà par son autre extrémité, quand M. de Sampierre avait pesé sur le cœur de la rose sculptée.

Le couloir, entre la chambre de Roland et le corridor, avait juste la profondeur du mur. Il n'était pas assez large pour que deux personnes pussent y tenir de front. Sur un signe de Charlotte, Edouard y entra ; elle l'y suivit. La porte fut refermée sur eux sans bruit.

— Qu'elle obscurité ! murmura Edouard. C'est C'est plus noir ici que dans la grotte !

— Chut ! fit la jeune fille. C'est dans cette nuit que vous allez voir le jeu de votre principal adversaire. Ecoutez.

Elle n'avait pas achevé que les pas du marquis sonnèrent sur le parquet de l'autre côté de la porte. Pendant quelques instants il y eut trois personnes dans la chambre, puis le valet Sismonde ayant été congédié, M. de Sampierre et son dévoué cousin restèrent seuls.

La prédiction de Mlle d'Aleix ne se réalisa pas tout d'abord. Les paroles prononcées arrivaient, il est vrai, distinctes, à l'oreille des deux écouteurs, mais ces paroles, tantôt obscures comme des énigmes, ne disaient rien à l'intelligence d'Édouard Blunt.

Il en fut ainsi jusqu'au moment où M. de Sampierre ordonna de fermer les persiennes. Pernola ayant alors annoncé la voiture de la marquise, Charlotte rouvrit la seconde porte précipitamment et entraîna Édouard vers une fenêtre du corridor, d'où il put voir le visage de sa mère. Charlotte guettait son impression. Il rougit légèrement.

— Elle a l'air bon, dit-il, comme il avait fait pour le marquis.

Mais il ajouta cette fois :

— Je l'aimerai.

Quand ils rentrèrent dans l'entre-deux des portes, c'était Pernola qui parlait. Mlle d'Aleix passa la première et se mit aux écoutes sans vergogne. Au bout de quelques minutes, les voix baissèrent tout à coup leur diapason.

— Avez-vous compris ? demanda Charlotte sans se retourner.

On ne répondit point. Elle jeta un regard en arrière ; Édouard n'était plus là. Aux premiers pas qu'elle fit hors de l'entre-deux elle le vit immobile, appuyé contre la fenêtre du corridor.

Il songeait, et certes, ce n'était point à ce qui se passait de l'autre côté de la cloison.

— Ne me grondez pas, dit-il, je suis fort, je suis brave, je crois en vous... mais nous serions si heureux là-bas ! Je ne pense qu'à cela : Partons !

— Quand nous aurons accompli notre devoir, répliqua Charlotte, nous songerons à notre bonheur. Voulez-vous m'obéir, oui ou non ?

— Oui, aujourd'hui et toujours.

— On n'entend plus rien derrière la porte ; ils se

sont éloignés ou bien ils parlent bas. Ce qui se dit dans cette chambre, il faut que je le sache, et je le saurai, mais je veux votre parole que vous resterez ici, donnez-la moi.

— Je vous la donne.

— Merci, et à bientôt !

Du bout de la galerie elle lui envoya un baiser.

Ce n'était pas une des gazelles du parc de Sampierre que Pernola avait entendue quand son inquiétude éveillée l'avait fait quitter son siège pour se rapprocher des persiennes closes. Il y a un pas encore plus léger que celui des gazelles, c'est le pas des jeunes filles.

Charlotte, abritée sous la fenêtre même, au ras du mur, échappa au regard de l'Italien. Elle avait juré d'entendre; elle entendit. Quand elle quitta son poste d'observation, elle savait que Giambattista Pernola tenait en portefeuille les fortunes réunies de Paléologue et de Sampierre.

Elle savait en outre que le marquis Giammaria, roulé dans la notion exagérée de son impuissance comme un poisson dans une nasse, n'essaierait même plus de se défendre.

Et enfin, elle devinait que ce malheureux homme, inutile désormais comme une sacoche vide ou une grappe dont le pressoir a exprimé tout le jus, était condamné à disparaître : le voyage de Londres ne devait pas avoir d'autre but.

En ceci, Charlotte se trompait dans la pensée du fidèle Pernola, son bien-aimé cousin et maître n'était même pas destiné à aller jusqu'à Londres.

Quand Pernola sortit du pavillon, il avait la tête haute. Les reliques qu'il portait lui donnaient un légitime orgueil. Quelque chose en lui disait : « Je vaux dix fois mon pesant d'or ! »

Il se dirigea vers l'hôtel d'un pas qui n'était plus le sien, tant il avait de majesté. Charlotte aurait donné beaucoup pour tenir dans sa poche l'anneau des contes de fées qui rend invisible. A défaut de talisman, elle avait son courage. Glissant d'arbre en arbre le long de la grande avenue, elle suivit Pernola, sans être aperçue, jusqu'aux abords du perron.

Devant le perron se trouvaient plusieurs voitures alignées ; un groupe de laquais galonnés stationnait au bas des marches. Mlle d'Aleix reconnut avec étonnement les livrées de Commène, de Lusiguan, de Courtenay et de Rohan.

Au lieu de traverser les parterres, elle les tourna et resta cachée derrière les buissons, se rapprochant de la maison autant que le lui permettait le dessin des massifs. Elle vit Pernola gagner l'aile gauche où il avait son logis et faire signe à son valet Zonza qui entra avec lui. Zonza ressortit le premier ; il gagna les écuries en courant. Peu de temps après, Pernola, redescendant à son tour, se dirigea vers le perron et entra dans les grands appartements. Il avait changé son costume de voyage et ne portait plus sur lui ce volumineux paquet qui gonflait naguère la poche de sa redingote.

Dès qu'il eut passé la grande porte, Mlle d'Aleix traversa bravement les parterres, monta l'escalier qui conduisait au logis privé de Pernola et sonna. Lorenzin vint lui ouvrir et sourit en l'apercevant.

— Princesse, dit-il, monsieur le comte, regrettera bien de ne s'être pas trouvé chez lui...

Charlotte l'interrompit en disant :

— *M. Chanut vous souhaite bien le bonjour...* Où M. le comte a-t-il envoyé Zonza ?

— Porter une lettre à Ville-d'Avray, répondit l'Italien sans sourciller.

— A qui ?

— Au Poussah.

— Zonza a-t-il emporté d'autres papiers ?

— Non, le paquet du pavillon est sous clef.

— Donnez-moi ce qu'il faut pour écrire.

Elle traça quelques lignes rapidement et reprit :

— Sauriez-vous trouver M. Chanut à cette heure ?

— Si le gibier est à Ville-d'Avray, répliqua Lorenzin, le limier doit guetter dans le buis de Fausse-Repose.

— Voulez-vous vous charger de cette lettre pour M. Chanut ?

— Impossible ! je suis de planton.

— Voulez-vous me prévenir si les papiers quittent la maison ?

— Ça, volontiers ; mais le patron ouvre l'œil, je ne veux ni parler ni écrire. Vous voyez bien ce pot de géranium sur la fenêtre. Tant qu'il restera là, vous pouvez être sûre que les papiers sont dans la caisse. S'il disparaît, les papiers seront envolés.

Charlotte plia sa lettre et n'y mit point d'adresse. Joseph Chaix l'attendait sous le bosquet ; elle lui dit :

— Ville-d'Avray, chez Mme Marion ! Zonza a dix minutes d'avance sur vous, gagnez-les. Si M. Chanut est là-bas, la lettre est pour lui ; à son défaut, elle est pour M. Preux. Si M. Preux n'y était pas par impossible, donnez la lettre à Mme Marion elle-même !

Une demi-heure s'était-écoulée. Édouard Blunt, qui était toujours à son poste, entendit le pas léger de Charlotte dans le corridor.

— J'ai réussi, dit-elle, je sais tout ce que je voulais savoir.

— Moi, répondit le jeune homme, je sais ce que j'aurais voulu ignorer. Il y a du sang aux mains de celui que vous appelez mon père.

Mlle d'Aleix lui serra le bras et répliqua tout bas :

— Vous êtes son fils et son juge : vous seul avez ici droit de pardonner.

Édouard voulu parler, elle lui ferma la bouche et, sans le prévenir, elle toucha la cloison qui séparait l'entre-deux de la chambre des portraits.

La porte secrète vint aussitôt en dedans, tournant sur ses gonds, sans bruit et laissant le passage ouvert.

Édouard et Charlotte se trouvèrent ainsi, comme nous l'avons vu dans l'un des précedents chapitres, en présence de M. le marquis de Sampierre.

FIN DU TOME CINQUIÈME

Grande Imprimerie de Troyes, 126, rue Thiers

www.ingramcontent.com/pod-product-compliance
Lightning Source LLC
LaVergne TN
LVHW020323230826
846091LV00003B/744

* 9 7 8 2 3 2 9 0 0 6 0 1 7 *